吉米的颂歌

[澳]

托马斯·肯尼利

著

李尧　刘洋

译

THE CHANT OF JIMMIE BLACKSMITH

外语教学与研究出版社

北京

京权图字：01-2019-1070

图书在版编目（CIP）数据

吉米的颂歌 /（澳）托马斯·肯尼利（Thomas Keneally）著；李尧，刘洋译. -- 北京：外语教学与研究出版社，2021.1
书名原文：The Chant of Jimmie Blacksmith
ISBN 978-7-5213-2366-5

Ⅰ. ①吉… Ⅱ. ①托… ②李… ③刘… Ⅲ. ①长篇小说－澳大利亚－现代 Ⅳ. ①I611.45

中国版本图书馆CIP数据核字（2021）第013361号

出 版 人　徐建忠
项目策划　张　颖
责任编辑　徐晓雨
责任校对　黄雅思
装帧设计　范晔文
出版发行　外语教学与研究出版社
社　　址　北京市西三环北路19号（100089）
网　　址　http://www.fltrp.com
印　　刷　紫恒印装有限公司
开　　本　889×1194　1/32
印　　张　8
版　　次　2021年2月第1版　2021年2月第1次印刷
书　　号　ISBN 978-7-5213-2366-5
定　　价　49.00元

购书咨询：（010）88819926　电子邮箱：club@fltrp.com
外研书店：https://waiyants.tmall.com
凡印刷、装订质量问题，请联系我社印制部
联系电话：（010）61207896　电子邮箱：zhijian@fltrp.com
凡侵权、盗版书籍线索，请联系我社法律事务部
举报电话：（010）88817519　电子邮箱：banquan@fltrp.com
物料号：323660001

谨以此书献给皮特·卡迪

1971 年 1 月

第一章

　　1900年，吉米·布莱克史密斯的舅舅达比吉——按白人的叫法是杰克·斯摩多——听说吉米娶了一个白人女孩，并且在沃伦镇的循道公会教堂举办了婚礼。这个消息让他感到十分不安。

　　于是，他带上吉米在割礼时被敲掉的那颗牙齿，朝着一百英里[1]外的沃伦镇出发了，一路上都是徒步而行。这颗牙齿应该能够说服吉米，让他认识到，自己是部族的一员。达比吉·杰克·斯摩多有着纯正的部族血统，属于芒金迪部族的达兰姆分支。在他看来，族人的婚姻仍然要保持部族传统才行。

　　所谓传统就是：达兰姆人应该娶蒙哥拉人，蒙哥拉人应该娶加利人，加利人应该娶维比贝拉人，而维比贝拉人应该娶达兰姆的姑娘。可是吉米呢？作为达兰姆的成员，居然娶了一个白人女孩，婚礼居然在教堂里举办。

1　英里：英美制长度单位，1英里合1.6093千米。本书中注释如无特别说明，均为中译本注。

吉米·布莱克史密斯的婚礼令杰克感到十分困扰，甚至让他焦躁不安。部族的婚姻习俗还是要遵守的，达比吉·杰克·斯摩多心想。就算吉米这个达兰姆的小伙子生活在传教区，就算他与蒙哥拉女人相隔八十乃至两百英里，安排一场婚事又有什么难的？部族元老们早就把婚姻习俗装在脑子里了。可为什么就是不遵循传统呢？

为此，杰克·斯摩多感到十分沮丧，就连他那个生性轻浮的姐姐——血统纯正的达尔茜·布莱克史密斯——也不例外。1878年，一个白人来到布伦特伍德的黑人[1]聚居区，随后不久，达尔茜便生下了吉米。因此，吉米是个混血儿。当地的传教士说，如果生下了灰白色皮肤的孩子，就说明她被白人睡过了。但是传教士并不清楚维比贝拉人的机密，他们并不知道，之所以孩子这么快就生出来了，完全是部族的神灵鸸鹋鹩莺的安排。

达尔茜多少还是相信了传教士的话。他们向来鄙视谎言，怎么会亲口撒谎呢？有一点是可以肯定的，布莱克史密斯太太的确被白人睡过了。她曾经说过，因为冬天太冷，两人只是抱在一起取暖而已。然而不管是冬天取暖也好，夏日快活也罢，这一切都是冥冥中的安排。吉米（不论是黑是白）之所以这么快就生了下来，全是鸸鹋鹩莺的意愿，因此，吉米理当娶蒙哥拉姑娘。

可是他偏偏娶了一个外地农场的白人女孩做老婆。

于是，杰克·斯摩多取出吉米在割礼时被敲掉的牙齿，用一

1　原文：blacks。

块发面布包起来，揣在左侧的衣兜里出发了。之所以没有放在右侧的衣兜里，是因为里面已经装了七个便士，如果跟牙齿放在一起，会走霉运的。

杰克·斯摩多嗜酒成性，他也知道，吉米开始赚钱了，作为亲舅舅，跟他讨些酒喝总是可以的。不过需要说明的是，杰克这次去沃伦镇，完全是为了部族的传统着想，而且此行的成败主要就寄托在这颗具有魔力的牙齿上。

这颗牙齿是芒金迪部族长老从吉米的嘴里敲下来的，那时正是1891年，吉米刚满十三岁。长老们用锋利的石片给他举行了割礼，在伤口和眼睛周围抹上了白泥。从举办割礼到杰克前往沃伦镇（1900年），这中间吉米的经历如何，有必要在此介绍一番。

自从吉米被人从家中带走去举行割礼仪式，达尔茜一直以为他死了。割礼的传统历史悠久，但其中详情如何，女人们是不知道的。据达尔茜猜想，儿子应该是被一头巨大的蜥蜴吞噬掉，然后再被蜥蜴生出来，经历整个过程后，他就彻彻底底地变成了芒金迪部族的一员。

吉米这一去就是几周的时间，教区的负责人H.J.尼维尔牧师曾几次问起吉米的行踪，但始终问不出真相。

芒金迪部族的成年男子——比如，杰克·斯摩多——却知道，吉米此时正躲在麦夸里河某条支流附近的灌丛里，等着伤口愈合。在这段时间里，他只能靠吃袋貂肉为生。想到自己长大成人，变成了部族的一员，吉米心里十分兴奋，同时也松了口气，毕竟被蜥蜴吞噬的传说纯属子虚乌有。他情不自禁地唱起歌来：

> 天色蒙蒙亮哟，
>
> 凤头鹦鹉飞出天光，
>
> 妈妈的眼神里哟，
>
> 闪过惊讶的目光。
>
> 眉目间露出自豪哟，
>
> 就像杜巴拉浆果树一样。
>
> 破茧成蝶，逃出蜥蜴的大口哟，
>
> 儿子已经是大人模样。

他偶尔会挥几下吼板[1]，防止布伦特伍德教区的女人走近。要是在养伤期间被女人看到，就会遭遇不测。只要听到吼板发出的响声，女人大多会心生畏惧，不敢接近。因此，只要时不时地挥动几下，他或多或少总会安全些。

吉米的割礼仪式是在秋天举办的，当时已经临近复活节，天干物燥，还没有下霜，日轮当空，偶尔刮起几阵风，风里倒还有些暖意。

在布伦特伍德，H.J.尼维尔先生正急需吉米这样的乖孩子演唱复活节颂歌。

"这些该死的黑鬼！"他对妻子说，"但凡品行好点的，总是

1　吼板：澳大利亚等地原住民用于宗教仪式的一种旋转时能发出吼声的木板。

无缘无故就失踪了。"

在他的眼里，吉米是上帝的门徒，远比他那些同母异父的兄弟姐妹通晓事理。达尔茜为人轻佻，所以，一定是让她怀孕的那个欧洲人把审慎的性格遗传给了吉米。那人定然不屑与黑人女子发生关系，只是没把持住而已。有时候，看到黑人姑娘灿烂的笑容，就连尼维尔先生也会觉得心痒。

城里人谈起与黑人通奸的事情时，脸上总是一副罪大恶极的神情，仿佛这种事情不道德的程度远甚于与白人女性通奸。老妇人们嘴里常说，白人男子要是睡了黑女人，就会渐渐委顿，没法再与白人女子发生关系。

虔诚的尼维尔先生伸手到桌边拿黄油，却发现周围群蝇乱舞，丝毫不少于盛夏时节。

"不过有一点可以肯定，"他有些懊恼地说道，"一群苍蝇中，总会出一只像模像样、有点抱负的！"

在吉米失踪之前，尼维尔先生本以为他有机会把吉米培养成一个热情、达理、有礼貌的年轻人。

尼维尔先生对传播福音的使命十分忠诚，要是他研究过人类学的话，就不会在1891年的复活节前，对着一只苍蝇围绕的黄油碟心生疑惑。他甚至连人类学这个名词都没有听说过。当然，人类学研究需要白人和原住民合作。在吉米看来，经常对尼维尔先生提起割礼一事终究不太礼貌，于是便一个字也没说。

自从男孩失踪后，尼维尔先生把更多的时间花在了剪报纸上。他把《循道公会时报》上聘任牧师的告示全都剪了下来。屋子的外墙隔板上歪歪斜斜地贴着一块块报纸上的新闻——都是些出售农场或泊位的告示，有些位于滨海沿岸，有的在达令山丘。在吉米失踪这段漫长的时间里，这些告示在秋日的阳光里慢慢变黄。尽管终日生活在放荡、轻佻、诱人的黑人女性中间，尼维尔依旧对年老色衰的妻子保持着一如既往的忠诚。

有那么几天，吉米觉得割礼留下的伤口疼痛难忍，只好放声歌唱来缓解痛苦：

> 成年的刺痛真难忍，
> 蒙哥拉的姑娘没几人；
> 马鲁加河对岸的山水太清贫，
> 蒙哥拉的姑娘没几人。
> 对着马鲁加河我高声唱，
> 沿着维迪迦剌我四处寻，
> 顶着烈日哟，冒着灰尘，
> 冲着月亮高声叫，
> 棍棒挥向维迪迦剌人。
> 看我带回这许多姑娘，
> 蒙哥拉的姑娘哟，
> 这些都是部族汉子的女人。

他自顾自地唱着，音调并不十分和谐，若是尼维尔先生听到了，肯定会觉得十分怪异。这本是一首十分悠扬的歌曲，歌中讲述的是古代发生的一场战争，其中强抢妇女的情节，发生在两个半世纪前，那时英国正在打内战。

除了伤口发痒外，他过得还算自在，有张毯子盖，有教区发的衣服穿。河流改道后，许多淡水龙虾和乌突突的鲈鱼被困在水洼里，食物自然不愁，况且夜间还有袋貂出没。袋貂的眼睛在夜里闪闪发亮，只消挥起木棒，朝它们的眼睛猛砸即可。

复活节后十天，吉米又一次出现在布伦特伍德。

第一个发现他回来的，是同母异父的姐姐比布拉·多蒂·布莱克史密斯，然后其他女人以及他同母异父的弟弟莫顿相继注意到了他。

十五岁的多蒂跑到他跟前，哇啦哇啦地尖声唱了起来：

"弟弟回来啦，他在蜥蜴肚子里重生，变成达兰姆部族的一员啦！"

莫顿叫醒了威尔夫·布莱克史密斯——吉米的"父亲"。威尔夫嗜酒成性，而且得了肺炎，已经撑不了几年了。达尔茜正在太阳底下洗衣服，听到消息后，立刻把威尔夫的衬衫扔在了盆里，身上微微一颤，或许是因为天气转凉，或许是因为听到吉米已经成人的消息。

达尔茜透过稀疏的灌丛，看到儿子的身影正穿过镇里破旧的小屋子。在阳光的照射下，他的头发变成了怪异的灰白色。男人们像战友般为他的回归欢呼，小孩子们则围着他跑来跑去。多蒂的歌声穿透了整个镇子：

"弟弟回来啦！猛兽嘴里重生，男子气概十足，达兰姆的汉子回来啦！"

达尔茜笑得是那样开心！她和莫顿喜欢肆无忌惮地笑，就连在庄重的场合也不例外。尼维尔先生一直以为这是他们愚钝的表现，他根本不知真相。

"这阵子你跑哪儿去了，灰白皮肤的臭小子？"达尔茜操着一口清脆的伦敦东区方言问道。威尔夫那件弄脏的衬衫已经无关紧要，她接着多蒂的歌声唱了起来。

"我的儿子回来了！逃出了蜥蜴的肚子，踩着脚下的冰霜，在大地上留下自己的足迹。之前嗷嗷待哺，如今长大成人。我的孩子重生了，是我把他带到世上，带到鸫鹊鹦莺的跟前。"

此刻，尼维尔先生正站在门廊里，望着小伙子归来的场景。

"这些人真容易激动，"他低语道，"容易激动。"

眼前的一切让他很开心。或许，作为上帝垂青之人，他该用热情去欢迎久别重逢的人，那感觉就像男孩起死回生一般。

尼维尔不知道，这次他能否从哪个黑人口中得到一个明确而可靠的答案。他沿着小路走到教区那片满是尘土的草地上。

"吉米·布莱克史密斯！"他的喊声打断了众人的兴奋。吉米突然改变路线，朝着这位传教士走来，他的弟弟莫顿正在一旁摇摇摆摆地走着，似乎觉得十分有趣。所有人都安静下来，大家甚至能听到吉米轻轻的、缓慢的脚步声。

"布莱克史密斯先生，你到哪里去了？"

"捉袋貂。"

尼维尔先生的身子向后缩了一缩："我真是不明白，你难道不知道，自己有更重要的使命吗？比如说，复活节的合唱？"

　　"我不明白您的意思，尼维尔先生。"

　　"你已经很久没来上课了。"

　　"是的，尼维尔先生。"

　　"很好。请你到我的书斋来一趟。"

　　书斋前厅的布置给人一种庄严肃穆之感，屋子里有一张床，一张世界地图，三个书架上摆满了新教的经典著作。吉米因为逃课挨了手杖，对此，并没有人表示不满。芒金迪部族的元老们不远千里赶过来，为吉米举办成人礼，这是谁都无法阻止的，既然如此，就算被这位循道公会的牧师打几下屁股，也是值得的；为了尼维尔先生所追求的真理，也为了鸲鹛鹩莺代表的真理。尼维尔先生有自己的职责，就像十字架上可怜的上帝之子一样。

　　"手杖会教你如何做个正派的人。"威尔夫郑重地说道，"别让这件事给你带来阴影。"

第二章

自从割礼归来后，吉米的身上仿佛被注满了部族成员的男子气概，可是在接下来的三年里，在尼维尔的影响下，他原本的价值观开始发生动摇。达兰姆、蒙哥拉，这些都代表着什么？部族里的人跟乞丐无异，喝着亨特河地区产的劣质雪利酒，醉了便躲进旅馆的茅房里呕吐不止。部族的元老保管着部族成员在割礼时被敲掉的牙齿，知道每个人的灵魂石藏在哪里，并且知道如何辨认这些石头，可往往却为了喝一口白兰地，就把妻子交与白人玩弄。

相比之下，尼维尔夫妇与吉米谈论的，却是部族成员从未提起过的事情。

"如果你能找个人品端方的白人农家女孩，你们生的孩子就只有四分之一的黑人血统，你们的孙子孙女便只有八分之一的黑人血统，根本算不上黑人了。"

尽管多数年轻人不像吉米那样头脑清醒，但也或多或少对部族里相传的创世神话产生了怀疑。所谓的部族男子气概表现在哪里？至多是在酒馆的院子里猛灌劣质酒罢了。当芒金迪人走进新世界后，酗酒便成了一种自我折磨式的探索。

然而这个地方的警察却不这样看。

1894年春，尼维尔先生升任马瑟尔布鲁克地区的循道公会牧师一职。他曾问过吉米，是否愿意以仆人的身份跟随自己。

"还是去吧，你会变成一个更好的自己。"达尔茜说道。

就这样，一辆颠簸摇晃的马车载着尼维尔先生和吉米朝火车站驶去。尼维尔先生不住地挥着手。他微微觉得有些愧疚——他就这样放弃了布伦特伍德，去接手一个白人建好的教堂。他机械地挥动着手臂，似乎想通过这种方式对布伦特伍德说，他还是很在意这片土地的。

达尔茜唱了起来：

> 我那身材高大的儿子啊，
> 他就要走了。
> 大山会感受到他的足迹，
> 星光会照亮他的发丝。

她可能永远都没有机会见到他了。

火车穿过一座座吉米从未见过的大山，来到了马瑟尔布鲁克，一座被绿荫遮蔽的小镇。这座小镇建在一片冲积平原上，一条宽阔的大河缓缓地流淌而过。从正街的转弯处到河岸，耸立着一排排木房和石房。

真是一片充满希望的土地。吉米再次想起了尼维尔先生的话："如果你能找个人品端方的白人农家女孩……"

他几乎已经暗暗做好了打算，最好让自己的后代没有半点黑人血统。

尼维尔太太教他如何做饭，甚至还告诉他如何用调料炖鸡肉。尼维尔先生则向他传授了一些地理知识："咱们在地图上的哪个位置，吉米？"

"在这里，尼维尔先生。"

吉米用手指着地图上的一个点。他心里非常清楚，自己的手指不够尖细，无法精确地指出达兰姆和蒙哥拉的地盘。他倒不是觉得土地的大小有问题，而是两者的地盘已经淹没在这幅世界地图中。

这次火车之旅让吉米对部族的信仰产生了动摇。途中，他见到了大片大片的棕色平原，误以为那里便是整个宇宙的中心。一棵棵乔木拔地而起，他的思维仿佛朝着渺远的天空飞了出去。清冽的河水从一簇簇硕大的蕨类植物间流出，那河水远比麦夸里河缓行的浅流更为清澈。

蜿蜒的藤蔓上点缀着花朵，仿佛一只只手臂，死死地缠绕着桉树的瘦枝。

"看，吉米。"尼维尔先生说道，"那里有一种树，树胶很硬，但很甜，可以食用。估计山这边的黑人都靠这个做起了大生意呢。"

早些时候，在尼维尔先生和吉米到来之前，这片山谷曾经遭遇过洪水，故而谷地的土壤异常肥沃，一片绿茵。看到一片片辽阔的草场，一座座葱茏的葡萄园，吉米不由得心神激荡，整齐规则的白人世界渐渐取代了达兰姆和蒙哥拉在他心中的地位。

每逢尼维尔夫妇出门拜访教众时，吉米就会驾着那辆崭新轻快的马车，接送夫妇二人。尼维尔先生总是不停地向他传授知识。

"这叫巨桉，被引入塞浦路斯岛后，蔓延得十分迅速。"

果园的小径两侧长满了金色的酢浆草。"金色的酢浆草让人觉得很舒服，"尼维尔先生说，"不过路堤上那些紫色的植物就很不顺眼了。在地中海一带，这种植物叫牛舌草，亨特河附近的人叫它'帕特森的诅咒'。

"山谷里新开了一个露天煤矿，煤层露出地表——简直是上帝的恩赐。人们叫它格里塔煤矿。工人用不着在地下作业，也就没有患肺病的风险，全部在地上干活，朝着山坡侧面挖就可以了。没准有一天你也能在矿上讨到一份差事呢，吉米。"

到目前为止，尼维尔先生还算开心。小镇看起来像模像样，镇子里的人也十分正派。这里的白人女子都穿着胸衣，即使身材丰腴，也不会给人带来诱惑，不会让他像在布伦特伍德一样心生邪念。

有一天，吉米去给尼维尔太太买肉，途中看到一名族人正蹲在布匹商店的阴凉处。这人名叫康吉·汤姆·卡斯泰尔斯，四十岁上下。他像威尔夫·布莱克史密斯一样，奉行"饮乐至上"的信条：

部族兄弟吃哟吃，

部族兄弟喝哟喝，

又吃又喝要不得，

还是喝酒快乐多。

康吉·汤姆显然喝得很尽兴，昏昏沉沉地正要睡去，但两只眼睛并没有完全闭上，仍在不住地打量着附近的熟人。看到吉米后，他那扭曲的脸颊上露出了一丝怪异的满足。

"嘿，灰皮小子！"他叫了一声。

"哟，这不是康吉·汤姆吗！"

"没错，就是我。达尔茜那个老婆娘还好吧？用不着猜，达尔茜一定很好，威尔夫还是经常喝酒。嗯，达尔茜很好，莫顿很好，那么你呢，还好吗？

"用不着猜，准是没啥事情可做，对吧！"康吉说着，轻笑了一声，似乎觉得自己的笑话很好笑。像他这种四处游走的黑人是见过世面的，言语间自然带着些自命不凡。

"这里也有鸸鹋鹩莺吗？"吉米用芒金迪语问道。

"鸸鹋鹩莺？"康吉嘲弄般地说道，"狗屁。"但接下来他不得不用部族语言说道："我是一路从布伦特伍德走过来的。可是走了一路，都没有哪个黑人愿意把老婆借我玩玩。哪有什么鸸鹋鹩莺。不过这里的龙虾特别好吃，牛羊肉也可口得紧，我可不想离开这里。"

"你找到差事做了？"吉米用英语问道，因为芒金迪语中并没有"差事"这个词。

"我平时抓些袋貂，皮毛可以换钱，三个便士一张，太便宜了。要是有把枪就好了。可是那些白人可不大情愿，不想让我在他们家附近捉袋貂。哎，三个便士一张皮，就这么点，再多没有了！"

"这么说，你准是闲了很久吧。"吉米逗弄着说道，"准是很久没有剥过袋貂皮了。"

"胡扯，你个灰皮小鬼！"但很快，康吉哈哈大笑几声，算是默认了。"记不得上次剥袋貂皮是什么时候了。袋貂瘦不拉叽的，都是骨头。我康吉更喜欢吃培根。"

两人在地上坐了下来，望着一家农户穿过马路，来到布匹商店门口。

很快，屋里传来店主咯咯的笑声，显然是在招呼顾客。从两人身边经过时，农妇和她的三个女儿连看都没有看他们一眼，说笑着进了店门，年龄最大的女儿提着一个袋子，里面装了大约半磅[1]甜点。只有年龄最小的那个女孩在门口徘徊了一阵。女孩大约四岁，戴着顶水手帽，帽子上印着"H.M.S.甜品香料"几个字，帽檐下面露出一双蓝眼睛。她仔仔细细地打量着康吉，仿佛要抓紧时间，充分利用这个可以盯视别人的机会。因为用不了多久，她的妈妈就会告诉她，遇到这种人时，要用余光去瞟，这样才不会引起对方的注意。

1　磅：英美制质量或重量单位，1磅合0.4536千克。

康吉冲女孩笑了笑，并不介意她的盯视。"你现在还小，过个二十年左右，再用你那对蓝眼睛盯着康吉……"

听到这番话，小女孩连忙跳起身，跑到了店铺里。她的妈妈正在那里扯着一块毛哔叽，测试着它的韧性。

"你不该说这种话的，康吉，对咱们的名声不好。"

一家人离开布匹商店时，小女孩从两人身旁急匆匆地跑了过去。女孩的妈妈领着家人朝下一个商店走去，她似乎只关心接下来要买的东西。

"你想娶白人老婆吗，康吉？"吉米问道。他之所以这样问，是因为尼维尔先生说过，他是有这个机会的。

"我不觉得那些娶了白人老婆的农场主有多开心，否则他们干吗找黑人女孩呢？白人老婆肯定有我们不知道的短处。"

两人继续坐了一会儿，话题转到了其他事情上。吉米再次看到那家人时，发现年纪最大的女孩手里正提着个崭新的酒精炉，还有一个半敞开的袋子，里面装满了各式各样的圣餐糖果。女孩的母亲立刻命令她的几个妹妹去帮姐姐提东西。

就在这一瞬间，吉米爱上了那个年纪最大的女孩。他从她的身上感受到一种家的安全感，家庭主妇的贤惠，一种无意中流露出的博爱与慷慨。吉米也想要个家，要那些麦芽糖，吃圣餐糖果……

除此之外，他还需要爱，需要理想和抱负，需要尼维尔太太希望他拥有的那些抱负！他要争取拥有属于自己的土地，拥有自己的生计，要履行自己的诺言，把一份工作干到底。

穿着件粗布衣服的女孩从他身旁走过，精心打理的靴子上罩着一层薄薄的、褐色的灰尘。吉米望着她粗壮的背影消失在视线里，从此再也没有见过她。

"哎！"康吉说道，"那个妞太肥了，你都不嫌弃？真是个好色的小鬼！"

如果从新教的观点来看，尽管吉米曾接受过部族的割礼，但在刚才这一瞬间，他已经丢掉了部族传统中最核心的部分。这都要归咎于尼维尔，是他身上那种欧洲人特有的傲慢，无时无刻不在侵蚀着吉米的思想——不论是谈论远处的胶树，讲解地理知识，还是大事宣扬英国，乃至欧洲的风土人情，尼维尔先生都流露出一种傲慢之情，就连谈论酢浆草和格里塔的露天煤矿时也不例外。

"我想在露天煤矿找份差事。"吉米突然说道。

"去挖煤？"

"没错。一定能找到差事做的。"

"煤矿上有个女人，"康吉用部族语说道，"她不是蒙哥拉人，在男人面前打哈欠时，从来不张嘴；在男人面前哭的时候，从不掉眼泪；拼起酒来男人都比不上。她就像个无底洞，可是洞里却没法避雨！"他哈哈笑了几声，又用英语说道："有一次，在喀里多尼亚聚居区后面的一个小围场里，我们一起喝了些酒——有个白人小子给我们买的雪利酒。当时喝得很猛，因为警察每隔一个小时就会过来一次。虽然附近有不少土著女人，不过这个妞很特别，她叫露西。"

突然，他语气一转，颇为急切地说道："别去露天煤矿做工了。星期六晚上，你到喀里多尼亚来。可怜的黑人就只有那里可去了。"

星期六当晚，吉米经历了一次地狱般的旅行。他鬼鬼祟祟地穿过一道道篱笆墙，途中被草料堆绊倒了几次，几经辗转，终于来到了喀里多尼亚。那些白人小伙子大体上还算老实，收了钱便端来了雪利酒。

白人的笑声远远地传了过来，吉米喝了口酒，一股热辣辣的感觉顺着喉咙蔓延到胸口。他想说"这酒劲太大了"，不过身上却觉得暖洋洋的，说不出地舒服。

时间晃晃悠悠地过去，吉米突然干呕起来，一不小心吐得一个女人满身都是。

警察过来巡逻时，所有人都躲在了深深的草丛里。有人不停地打着嗝，引得另外一些人哧哧发笑。

喉头又是一阵火辣。几只黑色的手又朝他的嘴里灌了几口酒。

吉米已经酩酊大醉，对他来说，不仅时间在晃晃悠悠中流逝，周围发生的事情仿佛也都杂糅到了一处，就在他脚步踉跄、酒气熏天之际，几个小时的时间已经过去了。

他被捕了，但自己还不知道。

酒醒后，他打了几个寒战，发现自己身在一间屋子里，首先听到的便是尼维尔先生的声音。

"……一直都是模范和表率。"

"从来没犯过错？"

"小的时候有过一次，在布伦特伍德，那是很多年前的事情了。"

"这些人，总觉得犯错是他们的权利。"

"吉米不会。他工作很踏实，有始有终。"

清醒后的吉米突然感到一阵无助，四下里打量了一番。之前，他似乎被人放在一张床铺上，但随后又跌落到地上。模模糊糊中，他感到周围躺着许多原住民，到处都是他们的脑袋、大腿和裤裆。当然，空气中还弥漫着一股呕吐物的臭味。

这时候，一名警官沿着走廊来到牢房门口，面对着满地的呕吐物，他却穿了一条长裤，不得不说，这个决定是有些危险的。

"吉米·布莱克史密斯？"

"在，警官！"

"算你他娘的运气好！有个牧师来保你出去。牧师的老婆也来了。但愿你有点良心，别再他娘的犯事。"

"嗯。"

"出来吧。"警官打开了牢门。躺在地上的那些人都没动，就像是大屠杀的受害者。"别踩到别人的'鸟蛋'。到井边上去，把自己洗干净。"

当时天色尚早，院子里刚刚听见鸡叫声，井口还挂着冰凌。吉米当着警官的面，自虐般地清洗着自己的身子。吉米感到兴奋，觉得自己足以同情这位警官。吉米·布莱克史密斯正在为自己施洗礼，成为一个白人；相比之下，这名警官却无法为自己做这样的事。他死后注定要埋在马瑟尔布鲁克的坟场，坟头立一块破烂不堪的墓碑，上面刻着"同事敬挽"几个字。

"上帝啊，"警官叹道，"你和他们一样都是黑人，干吗要把自己洗那么干净？多冷啊。"

"很快就洗完了，警官。"

说着，他又脱下衬衫，掬了几捧刺骨的凉水，清洗着两侧的腋窝。他悄悄地打了个嗝，发现初露的晨曦已经在凝霜的院落里映出一道犀利的光影，仿佛在鼓励他对自己更狠一些，折磨自己更久些。他知道，品格是关键，绝对不能因为受到族人影响，就放弃自己的品格，即便像威尔夫或康吉一样充满嗜酒的欲望，也绝对不能放弃。

吉米对尼维尔夫妇说，他想去露天煤矿工作。夫妇两人表示同意，但像所有宗教人士一样，他们首先必须确定，他的动机是正确的。

"如果再跟那群醉鬼混在一起，你不可能找到工作，就算找到了，也干不长久。"

"那群暴民，我恶心还来不及呢，尼维尔先生。我不想再跟他们接触了。我想去干活，没准还能买一套属于自己的房子。"

"我会给你写推荐信的。"尼维尔先生说着，不大自在地看了妻子一眼，发现妻子的脸上露出了赞同的神色。

然而等吉米去应聘时，招工的人根本不需要他，甚至连尼维尔先生的推荐信都没看。

"好的，先生。"吉米说。他绝对不会堕落到像其他黑人那样，稍不如意就满口脏话。随后，他又去果园碰了碰运气。但果园的人说，最近经济不景气，工作都被那些四处流动的白人抢走了。

幸运的是，他最终还是在一个爱尔兰农夫那里找到了一份活计。农夫住在河流上游，为人刻薄，很有经济头脑，娶了一个身材肥硕、眼神冷酷的年轻女子。这个女人整日坐在炉火旁，两眼望着火炉上方的十字架出神。

人到中年，娶了一个丰满的老婆，家里还挂着十字架——众所周知，这样的农夫向来不会太大方。这份活计大抵是这样的：农夫西里的农场从山脚一直延展到山坡的树林里，偶尔会有几只牛走丢或被偷，吉米的任务是修建一道篱笆，把树林和农场隔开。篱笆要用硬木搭建，每隔七英尺[1]就要打一根木桩，木桩与木桩之间架上围栏。每打一根木桩给一先令六便士，九月底完工。算下来，全部酬劳是二百零二先令两便士。

这位爱尔兰农夫催得很紧，时常给吉米下最后通牒。他脸上蓄着胡子，胡须剃成方形，看起来很像克拉伦斯公爵。尼维尔先生曾经给吉米看过公爵的照片，每当说到忘形处，还会对他悄声说，有人认为这位公爵就是开膛手杰克。农夫西里跟这位公爵很像，浑身透着一股小王公的优越感。

"你有宗教信仰吗？除了你们黑鬼那套？"

---

1 英尺：英美制长度单位，1英尺合0.3048米。

"我是循道宗教徒，先生。"

"那你给我听好了，我以基督徒的名义发誓，如果把活干砸了，他娘的一定把你的狗卵割下来。篱笆桩要是偏了一英寸[1]，我就扣你一个先令。"

"您的建议也算合理，先生。"吉米暗暗劝着自己，要把这番侮辱仅仅当作雇主的建议，这是对他品格的考验。

我们暂且不必关心吉米从哪里弄到建造篱笆的工具，只知道那把铁锹是从尼维尔夫妇家里偷来的，因为吉米知道铁锹放在哪里，即便在黑暗中也能毫不费力地找到。

在吉米看来，这多少有点因果报应的味道。尽管尼维尔夫妇并不富裕，却经常教育他，占有权是一项非常神圣的权利。临别之际，夫妇俩甚至还给了他一点钱，数目并不多，大概算是暂时寄放在他那里的。

占有权是一项非常神圣的权利，于是吉米所谓的"占有"便从偷尼维尔夫妇的铁锹开始了。可以说，尼维尔夫妇成功地把他变成了一个势利小人。而对于一个彻头彻尾的小人而言，活着的价值是要用某些有限的标准来衡量的。吉米的标准便是：家庭、壁炉、妻子和土地。只要拥有了这些，便拥有了任何人都无法超越的福分，这才是最好的生活。相比之下，得不到这种福分的人，只能过着不稳定的生活，只能靠老天的施舍过活。

1　英寸：英美制长度单位，1英寸合2.54厘米。

为了得到这些无上的福分，他到马瑟尔布鲁克的农业办公室去了一趟。一张橡木柜台后，两个白人职员正在争吵着。

"你懂什么？联邦制有什么好？"一个人说道，"如果真的实行了，新南威尔士就会被昆士兰的廉价农产品、维多利亚的廉价家具所占领。反正西澳大利亚人和塔斯马尼亚人不会赞成联邦制，他们准会投反对票。"

吉米并没有参与这场争论，他不过想要一张传单，看看什么样的木头适合做篱笆而已。

"加拿大就实行的联邦制，而且非常成功。"另外一个本地的年轻人说道，"美国也不算太失败。"

"哈！美国在推行联邦制的时候，难道没有遇到困难？你想来场内战吗？要死成千上万人呢！"

"我们这里才不会。澳大利亚人怎么会对自己的同胞开枪？亏你想得出来！"

"我的确能想象出来，因为有些人天生恶毒、心胸狭隘、野蛮粗鲁，会想尽一切办法去实施暴行。既然存在这种问题，就该坦然接受……还有，朋友你可别忘了，现在哪里有什么澳大利亚人，那只是诗人和小报编辑想象出来的。"

"没有澳大利亚人？"

"从政治意义上说，不存在。即便有，跟比利时人、德国人或者法国人的含义也不一样。"

"恐怕是跟你这种老顽固不一样吧！"

"没错，也不同于英国人。"那位英国人说道，"这里只有新南威尔士人、维多利亚人、昆士兰人、塔斯马尼亚人等等，但就是不存在澳大利亚人。真正意义上的澳大利亚人只有……"

这时，他突然注意到吉米正在柜台前等着。"只有原住民。"他低声说道。

显然，"澳大利亚人"这几个字也引起了吉米的注意。

"喂，小子！"他叫了一声，"没错，诚实可怜的原住民，可惜快要绝种了。很吃惊吧！这就是你们天天念叨的澳大利亚人，只能做些卑微下贱的工作。"

"这个地方就是这么残酷。下等人屈服于上等人。难道你们英国人例外？看看那些爱尔兰人和苏格兰高地的人，多可怜，你们是怎么对待他们的？我爷爷就是可怜的苏格兰高地人。上帝啊，为什么不能给他们一次机会？为什么眼看着这些可怜人绝种？但现实就是这样残酷，原住民只能消失。现在，六个州正计划着组成联邦，以便抵御共同的敌人，可以说，这对大家都有好处，没有半点不尊重的意味。"

"什么共同的敌人？"

"俄国人啊。俄国有称霸太平洋的野心呢。"

英国人抽了抽鼻子："哥萨克人是不会打过来的。你呀，真是太高估你的地盘了，这片土地，根本不具有任何战略意义。"

"我只希望这里能把门槛抬高一点，别再把你这种满腹牢骚的混蛋放进来。"

"别担心，我不会在这里待多久的。我是因为没钱回家，路费……"

"朋友你放心，要是真的实行联邦制，政府一定会通过一项法令，让你这种牢骚鬼有足够的路费滚回家去，滚回你的英格兰去吧，反正那里到处都是黑烟，一年里有十天能看见太阳就不错了，街道上到处是狗屎。你回你的老家，我们搞我们的联邦，多谢了！"

英国人开始装作整理文件。到目前为止，两个人谁都没有帮助农业办公室发挥应有的作用。

"我想说的是，自从撒克逊时代起，我们就只有一个统一的政府，这种体制也没给我们带来多少坏处。"

这种动辄搬出撒克逊国王，动不动就提到古代的政府，炫耀昔日辉煌的做法，还不足以让澳大利亚人的立场发生动摇，因为澳大利亚人虽然继承了大英帝国的部分遗产，但毕竟没有完全继承。如果说得更明白些，就是这种做法很容易引起澳大利亚人的愤怒和不满。

"你们过去的光彩是哪里来的？还不是凭着推行暴政，靠屠杀苏格兰人和爱尔兰人？更他妈别提那些可怜的印度人了。"

"拜托，"英国人说道，"说话文明点！"

"布尔战争又怎么解释？是你们挑起来的吧？是你们处心积虑地挑起来的吧？别管某些文章怎么说。费边社的讲座说，英格兰巴不得开战呢。只要战争一起，你们就会让可怜的澳大利亚人、新西兰人还有印度人参战。可惜啊，第一个挨枪子儿的澳大利亚人并不知道，根本没有所谓的澳大利亚人。"

"上帝啊，你怎么对英格兰有这么大的偏见？可惜啊，你只是没去过英格兰，没有见识过而已。"

"我才感觉可惜呢，你他妈怎么不早点滚蛋！"

英国人阴沉着脸，开始动手整理传单。

"咱们走着瞧，你当着访客的面侮辱同事，若是等帕尔先生感冒好了，看他怎么说。"

"当着访客的面？你是说那位老兄？你在这儿干耗时间不干活，帕尔先生不踢死你才怪。他那双靴子可是从安东尼·霍尔顿的店里买来的，9号大靴子，还带足弓垫，不把你屁股踢扁才怪。"

英国人跺了跺脚，气得两手颤抖起来。他的手里正攥着一沓传单，上面写着"奶农专用饲料作物"几个字。

"在访客面前这样侮辱我，我绝不饶你。就烦请你来接待这位访客，我这就去帕尔先生的桌前填写投诉表。"

"你尽管去好了。你写的投诉表放在帕尔先生的桌子上也好，拿去擦腚也好，我都无所谓。"

"卡迈克尔！"

那位联邦制的拥护者没有答话，只是耸耸肩，优哉游哉地走到柜台前："有什么需要帮忙的，小子？"

"我想知道怎么搭篱笆，先生，打桩之前要做些什么。我找了份差事，先生。干他娘的，我就是想把这个活做好！"

"这里不准说脏话！"

"对不起，先生。"

"我的意思是，'干'这么'优雅'的字眼自然是英国人造出来的。有时候，他们说什么话，就会做什么事，他们大多对唱诗班的男孩做这种事。总之啊，这种传统不论是印度兵、吉卜赛人，还是原住民，任谁都偷不走呢。明白吗，小子？"

"我把你说的每个字都记下来了，卡迈克尔。"英国人在办公室后面低声说道。

"我的意思是，小子，如果哪个新西兰毛利人，或是加拿大的红皮鬼来到咱们镇，跟你说，他们想了解一下怎么搭篱笆，你会怎么回答？"

吉米当然知道他是在调笑，瞬间对这个叛逆的年轻人产生了好感。

"我会说，你他娘的嘴真臭，先生。"

年轻人高声欢呼起来。吉米的嘴角微微抖动了几下，两只黑色的眼睛也亮了起来。

"给我滚出去！"那位代理主任嘶声吼道，"游手好闲的黑鬼，给我滚！"

吉米正要转身出去，卡迈克尔仿佛变魔术似的拿出了他想要的那张传单。

"拿着吧，小子，这上面都是关于篱笆桩的说明。镇子里有许多硬木，用不着怎么加工，甚至根本不用加工，直接插进土里就行。反正读了你就明白。你识字吧？"

"识字，先生。"

卡迈克尔望着吉米离开，脸上露出了无比遗憾的神情。

吉米大笑着跑下楼去，来到了街上。马路上人头攒动，来这里做生意的白人络绎不绝，每个人都郑重其事地皱着眉头。吉米心情甚好，脸上的表情自然也跟着发生了变化。他来到街上，大摇大摆地走在那些白人中间。

挖坑打桩可不是件容易事。首先要把铁器扎进土里七英尺，一点一点地松动顽固如牛的土壤，要是碰到岩层，满手的水泡就会被铁柄震破、撕裂，新长出的皮肤会变得更加坚硬和粗糙，吉米的双手就是这样。

每天晚上，他就睡在农夫西里的草棚里——权当主人已经同意，天黑即来，天亮即走。每天只吃两顿口粮，早餐是面包黄油，晚餐是培根等食物，中午只喝点茶水。

一周以后，他已经搭了近百码[1]的篱笆。西里不论如何盘算也料不到，吉米居然会这样快。

这天，他骑着一匹八字脚的灰马在农场周围巡视，然后来到篱笆跟前，随机地量了量篱笆桩之间的距离。

"还真不赖。"他喃喃自语着，仿佛吉米会故意偷工减料一般。

---

1 码：英美制长度单位，1码合0.9144米。

第三章

　　星期六晚上，吉米来到河流上游的维罗纳黑人聚居区参加聚会，这次只喝了一点酒——他心中怀有常人不曾有的志向，喝酒的时候自然有分寸。

　　很快，他就和一个骨瘦如柴、名叫弗洛伦斯的女孩上了床，前戏刚刚开始，女孩就尖叫着浑身痉挛起来。

　　种种迹象表明，这是一个糟糕的夜晚。时而掀开的粗布门帘后传来阵阵白人的说话声，有人正尖声尖气且不无谄媚地欢迎着这些白人，欢迎着这些毁灭部族的人。弗洛伦斯一声声狂野地叫着，嘴唇下方已经咬出丝丝血迹。

　　吉米仅仅逗留了几个小时便回了家。他可不想待在维罗纳，更不想见到这里天明时的景象。

　　第二天拂晓，他朝着农夫西里的农场赶去。走到大门口的时候，他发现草地上结了厚厚的冰霜，闪亮的冰晶泛着乌蓝色。眼前的景象让他感到欣慰，这总比星期天一大早便看到维罗纳混乱堕落的景象更让人舒心。西里正站在围场一角跟邻居说话。他没有戴帽子，露出一头白里透黄的头发。邻居的打扮大同小异，看样子正要去教堂。西里太太坐在马车里，正等着威风凛凛的丈夫一同上路。他们或许要去梅里瓦做弥撒，也可能去附近的那个爱尔兰教堂。

"对待天主教徒，我们不该用石头去惩罚，而应该给予怜悯。"尼维尔太太曾这样说过。

然而西里夫妇似乎并不需要怜悯，因为西里太太的穿着要比尼维尔太太好得多：外套是蓝色天鹅绒的料子，袖口很宽，臀部收得很紧。自从睡过骨瘦如柴的弗洛伦斯后，吉米便一直觉得丰腴的臀部更诱人些。他愣愣地站在露水凝结的马路边上，直勾勾地望着西里太太。

"天主教徒往往对神父忏悔罪过。"尼维尔太太曾这样说，"就好像神父可以充当调解人似的。那些爱尔兰的神父，有什么资格充当上帝和信众的调解人？"

吉米痴痴地幻想着：等他有了点名气，攒下些家底，或许有机会跟西里太太结下一段情缘。如果真是这样，谁来充当调解人又有什么打紧？

之前出去做弥撒，西里夫妇总是一路上坡而去，一路下坡而归。跟西里先生一起坐车是什么感觉？每次见到西里太太，她都是蜷缩着坐在车里，一副柔弱不堪的模样，两片肥嘟嘟的嘴唇微微翘起，仿佛逆来顺受惯了，两只眼睛里总是一片茫然，要么是生性愚钝，要么便是谦恭至极。不过这些都不重要了。睡过弗洛伦斯后，在这晨光熹微之际，吉米的心里陡然生出一股傲气，偏偏选中了西里太太作为自己的理想伴侣。当然，他也知道，这不过是自己的痴心妄想而已。

或许他并没有意识到，西里太太已经被他美化成一个完美的妻子形象。在吉米眼里，有些家底的人，就该娶一个这样的老婆。之所以钟情于她，并不仅仅因为她身材丰腴。吸引他的，绝不是这赤裸裸的肉欲。然而这样的身材样貌，如此恬静淡然的气质，娇弱不堪的坐姿，就连清晨呼出的白气中都透着些许对丈夫的爱慕和顺从，凡此种种，都让吉米欲火中烧。在这一瞬间，她已经变成了一种福气的象征，远非一个女人那样简单。甚至可以这样说，吉米并没有把她当作一个女人，而是把她看成完美的典范。

凝霜的农场闪着微光，站在角落里的西里哈哈笑了几声，结束了跟邻居的谈话，走回到妻子身边。

这一周，吉米已经搭了一百五十码的篱笆。令人意外的是，西里居然提前支付了五先令的酬劳。

随后，他又去参加了维罗纳的聚会，但这次的感觉比上次还糟。这次的女伴名叫加伊，是个混血儿，虽然不像弗洛伦斯那样干瘦，却咳得十分厉害。疯狂淫乐的风气感染了女孩，更感染了整个小镇。吉米半夜离开时，发现聚居区边缘的树下竟然拴着两三匹马，甚至还有一驾马车。马的主人都是些来梅里瓦找乐子的白人。回到住处时，他刚好看到西里太太穿着弥撒服从屋里出来。

吉米一点都不了解爱尔兰人，因此，当西里大肆指责他篱笆搭得不好，坚持要克扣报酬时，他委实吃了一惊。

"可还差十二先令呢，先生。"结账时，吉米抗议道。

"我可没有赖账，总共就两英镑。他娘的，十二根篱笆桩都打偏了，偏了三英寸还多，有一根还偏了四英寸。"

"我用尺子量过，没有偏，先生。"

西里顿时板起了面孔，那张凯尔特吝啬鬼式的脸霎时变得苍白无比，并渐渐狰狞起来。

一时间，两人没有作声。就在这阵寂静尴尬得不能更尴尬时，几只白色的凤头鹦鹉落在了农场的一棵树上，叽叽喳喳地叫了起来。吉米心里涌出一阵感激之情。

"以我的尺子为准。"西里最终沉声说道。吉米清楚，要是跟他顶嘴的话，场面会一发不可收拾。他默默地把钱揣进了口袋。

"好吧，先生。木桩扎得很稳，围栏装得也很结实。您能不能给我写一封推荐信？"

"他娘的，你一个黑鬼，要推荐信做什么？难不成想去银行工作？"

"再有人需要搭篱笆的话，我可以把推荐信拿给他们看。"

西里哈哈大笑起来，笑声里带着一种天生的冷酷。不了解西里背景的人，无论如何也不会理解这笑声的意思。原来，西里的父亲曾在斯莱戈经营农场，由于地质坚硬，仅仅两英亩[1]的土地便耗费了他无数的精力。如今西里来到这个新世界，经营着上

1　英亩：英美制地积单位，1英亩合4046.86平方米。

千英亩肥沃的农场，要是心肠不够硬冷的话，如何能继续经营下去？

"我没戴眼镜，写不了。"西里说，"我不想再看到你，中午之前赶快滚蛋。"

但谦卑的吉米仍然没有放弃。

"那我能不能坐您的马车去梅里瓦，西里先生？我的东西太多，拿不过来。"

"我明天不去梅里瓦。"

"明天是星期五，我还以为您会过去呢。"

"用不着你替我操心，用得着的时候，我自然会告诉你。"

"哎，好吧……"

可是吉米无论如何也想不通，为什么这位农场主会莫名其妙地羞辱他。

"以为我不知道吗？你他妈根本不会写字而已。"吉米忍不住骂道。

西里的脸色再次变得苍白起来。他的嘴角一动不动，但狂怒的神色却表露无遗，显然被吉米说到了痛处。每次货品从马瑟尔布鲁克或者梅里瓦运过来，西里只能让妻子给他读一读货单上的内容，签名的时候笨手笨脚，要费好大一番气力。平日里教西里太太写字，教导她谦恭俭让的修女从没见过西里。恼羞成怒的西里狠狠地给了吉米一下子。吉米两条瘦弱的大腿支撑不住，仰面朝天地摔在地上。

还好并不是很痛。

第二天上午，吉米收拾好行装，朝西面赶去。他在途中遇到了西里夫妇，两人不约而同地把脸转了过去。吉米暗暗发誓，早晚要把西里太太弄到手，尽管她或许没有想象中那样珍贵。

在吉米对未来的构想中，她已经变成了不可或缺的一部分。

第四章

吉米在山谷里四处游荡，零零碎碎地找些差事做。没过多久，布伦特伍德便传出这样的消息，说他赚了不少钱。在部族里的那些懒汉看来，搭篱笆这种活计定然收入不菲。杰克·斯摩多认为，作为吉米的舅舅，他自然有权向吉米索要属于自己的那份钱，因为根据芒金迪部族的传统，舅舅的地位非常高。他认为有必要跨过大分水岭，去找吉米要钱。

可是杰克向来对大山心存芥蒂。关于大山有许多传说，这些传说一直让他提心吊胆。

有那么两周的时间，吉米仿佛被恶灵附了体，终日无精打采，精神委顿，就连他自己也不明白这是怎么一回事。他好像着了魔一般迷恋着维罗纳。这种迷恋让他惊恐无比。维罗纳变成了一个令他恐惧的地方。上帝的目光似乎不再关注这里，任凭淫乱和腐朽的风气侵蚀着维罗纳。

夜里的烛光星星点点地摇曳着，镇里的男人、垂死般舞动着的土著女人变成一片片破碎的剪影。某天夜里，一个小屋着了火，很快，火苗像节日里的焰火般熊熊燃烧起来。这座小屋的主人是个身材丰满的女人，她想冲进屋子，却被朋友死死地拦住了。在烈火的灼烧中，小屋变成了维罗纳最为纯净的区域，所有卑污，所有腐败，都在烈火中得到了净化。

"我的东西啊！"她撕心裂肺地哭叫道，"我的东西，我的纪念品啊，全都没了！"

在这一瞬间，吉米甚至有种把整个维罗纳都烧光，让它消失在地图上的冲动。

有时候，他会问他的女伴："你的兽灵是什么，黑妞？我最近弄死了很多野兽呢。你的灵魂里住着什么样的野兽？"

女伴们虽然不喜欢这样的话题，却不至于感到担忧。真正感到担忧的是吉米自己。

星期六那天，他睡到傍晚才醒，因为当天下午喝了好多劣质的雪利酒。

"快起来，吉米。"维罗纳那群不知姓名的家伙把他叫醒，"哈利·爱德华兹出事了，用刀把一个白人给捅了。"

"白人伤得严重吗？"

"严重吗？死都死了！吉米，快起来，帮我们埋了他。"

"你们把他埋'拗'（好）不就得了？"

对于芒金迪人而言，"好"字的"h"音并不难发，但维罗纳人里只有少数人能做到。吉米或许是出于礼貌，或许是没太在意，说话的时候，也学着维罗纳人一般略去了这个音。

"你玩都玩了咱们的女人，应该帮着埋了他。"

这晚天气很冷，吉米走出温暖的畜棚，顿时觉得两脚冻得像刀割一般疼。

哈利·爱德华兹的小屋里簇拥着十几个人，每个人都两眼发愣地望着地上那具尸体。那是一个半大小子，模样还算俊俏，两片兔唇周围的胡须刮得干干净净，肚皮上方赫然露着一道伤口，鲜血兀自汩汩地向外涌着，好像人还没有死透一般。吉米似乎在哪个镇子里见到过这人。

鲜血淌了一地，哈利的老婆萨利只好把几把椅子全搬到屋子的角落里，叠在那张散发着恶臭的床上。

有人提议把尸体裹在毯子里，每人拽着毯子一角，弄到远处埋了。可萨利却说，这样毯子就糟蹋了，洗都洗不干净。

"这事跟她没关系。"哈利解释说，"是这小子主动跑过来跟萨利睡觉的。"

"也不能怪哈利。"萨利说，"他没做什么。"

"他醒了以后不知道自己在哪儿，然后就骂我们，说给他下套，骗他跟黑婊子睡觉。我跟他要钱，他就发火了，开始砸萨利的东西。我为了阻止他，抄起了一把剔骨刀。"

"天啊，哈利。你在他身上捅了这么大一个洞。"

"他跟同伴一起来的？"吉米问道。如果有人同行，那些人肯定开始在维罗纳四处找他了。

"娘的，他们肯定会把我绞死的。"哈利说，"不过我倒没看见什么同伴。"

众人在萨利的床上拿了一张毯子，把尸体包裹起来，外面又罩了一张毯子用来抬尸。这样一来，萨利失去了两张毯子。一个老头子拿起一盏防风灯，最先走了出去，然后八九个人，还有一个男孩，用桉树枝架着尸体跟了出去。道路虽然崎岖，但好在尸体并不沉，每人只需要用一只手抬着，偶尔尸体倾斜或晃动时再用两只手。

"你的灵魂里住着什么样的野兽？"吉米曾经这样问那些女伴。

毯子被大量的血液浸透，尸体每晃动一次，就会发出一阵黏答答的声音。抬尸的众人把目光移开，不敢直视这晦气的景象。

"就埋这儿吧。"有人提议道。但众人表示怀疑：这里离维罗纳聚居区太近，等避避风头，还得趁半夜没人的时候转移尸体。鲜血让这个地方变得晦气。新南威尔士原住民事务官曾经说过，"把这里变成聚居区，命名为维罗纳，但愿莎士比亚笔下正义的阳光，能够普照这片土地"。现在，这里被血玷污了。这些抬尸人即便在睡梦中也不得安稳，一想到那具尸体，便会联想到部族传说中的种种"凶兆"。

"就这里吧。"那人重复了一遍。他的想法似乎和众人一样，想要尽快离开这片险地。

众人一起动手，刨了个两英尺深的坑，随即便七嘴八舌地表达起自己的建议来。但这些建议没有半点意义，只能让黑暗中的人们更加没有头绪。

小伙子的尸体被包裹在萨利的毯子里，血液不断从毯子里渗出来，每一滴都是凶险的预兆。

"你的灵魂里住着什么样的野兽？"

在吉米看来，维罗纳早已腐败堕落，变成了黑人与白人交媾的淫乱之所，如果上帝拥有一个地球仪，那么维罗纳早已从上帝的地球仪上消失。更糟的是，他们早已忘记了部族神灵的意旨，不仅杀了人，更没有在埋尸体的时候举办抚慰亡灵的葬礼。

维罗纳没有他的亲人，更没有他爱的人。一年之后，吉米回过一次维罗纳，之后便再也没有去过。

原因很简单——他是一个混血儿。如果拥有纯正的部族血统，他定然会用爱来指导自己的生活，他的一言一行都会以庄严的部族礼节为向导。爱本该成为他生命中最基本的元素。

然而他早已作出抉择，要像白人一样拥有自己的家业。他知道，爱是一种特别的情感，需要上帝的恩赐，而且并非恒久不变。兴奋一旦消退，爱便会自动自觉地转移到子女身上，转移到对土地的占有上。

部族生活充满了温情的爱，而欧洲人的爱却是狂热的、上天恩赐的、自上而下的，所以才会有"坠入爱河"的说法（尼维尔先生曾经这样解释过）。夹杂在部族之爱和欧洲之爱中间，吉米牢牢地坚守着自己的阵地，坚持用"无爱"的标准去大肆批判尽可能多的人。

然而即便是奉行"无爱"信条的人也做不到谁都不爱。吉米惊讶地发现，他还是很爱弟弟莫顿的。天真而忠诚的莫顿生怕吉米生活在陌生人中间就淡忘了亲情，于是专程从布伦特伍德赶来看他。

莫顿来之前，吉米在不少农场主那里做了活计，这些农场主跟西里一样，时常威胁他，克扣他的酬劳。

莫顿来看他时，他刚刚跟克劳德·刘易斯——一个苏格兰老农夫——签了合同。

刘易斯并不喜欢莫顿，因为他遗传了母亲的轻浮，举手投足都让人觉得轻率无礼。受鼻窦炎困扰，刘易斯每次丈量木桩时都会累得气喘吁吁，脏兮兮的胡子被吹得阵阵发抖。看到这幅场景，莫顿总会提高两倍的嗓门，放声大笑，或是坐在树桩上望着古怪的农夫，笑得浑身发颤。

"那个小鬼什么毛病？"

"没什么，刘易斯先生。他还是个孩子。"

"你不是想把我的农场变成黑鬼聚会的老巢吧？"

"不会的，先生。"

这里的农夫都是这样，害怕黑人因为部族的情谊而聚在一处。

"别笑了，莫顿。"吉米尖叫着说，"老实待着。"

刘易斯冷笑一声，稀疏花白的胡子抖了几抖——他的胡子曾是姜黄色，生得十分浓密。

"有什么好笑的，真是搞不懂！"

刘易斯走后，吉米把莫顿数落了一顿。不过有时候，他也会被这笑声感染。

"我那个白人老子，"吉米说道，"一定是个严肃的家伙，没准还是个深沉的思想家。"

莫顿来的时候，吉米刚开始在刘易斯的农场工作。那是1898年12月里的一天，天气十分闷热，长达一英里的山坡上冒起了丝丝热气。蒸腾的暑气中突然出现一个黑色的身影，蹒跚着爬上山来。吉米心里顿时感到一阵不安，觉得那人或许是来找他的。等那人走到近处时，吉米终于看清了对方的长相：瘦弱的身材，一口稚气未脱的大牙，嘴里深情地唱着芒金迪部族的草原小调：

> 鸸鹋鹩莺的后人哟，
>
> 你的族人来咯；
>
> 尽可能地欢呼哟，
>
> 欢迎你的兄弟咯；
>
> 我会热情地欢迎你哟，
>
> 抓住你的肩，拍拍我的手；
>
> 望着你的眼睛和笑脸哟，
>
> 乐得胡子抖三抖。

听到这里，吉米忍不住露出了笑容，但同时也暗暗有些担忧，生怕莫顿的歌声或他的部族作风会招来反感。因此，他对莫顿讲得很清楚——只准留在这里赚钱，不准搞族人那套。

"不老实干活，就趁早滚蛋。"吉米说道。他并非生性刻薄，只是因为莫顿的到来让他感到无比紧张，只好用这种方式表达对弟弟的欢迎。

不过刘易斯却始终不欢迎莫顿。这位苏格兰农夫动不动便要找碴儿挑刺，不仅责怪吉米的尺子不如他的精准，甚至还威胁要克扣他的报酬，扣到兄弟两个连饭都吃不起为止。

由于对苏格兰的历史一无所知，吉米再次陷入了困惑。他根本无法理解刘易斯这种人为何会如此吝啬，如此刻薄。

一天早上，吉米和莫顿终于忍受不住，索性离开了刘易斯的农场。

兄弟俩翻过几座山丘，最终来到了斯昆，在一个牧场主那里找到了一份活计。莫顿是个驯马的好手，这种天赋一方面来自他对野马的无知无畏，另一方面来自他的信念——认为动物都有善良的一面。每次驯马时，他会用粗大的脚趾死死地钩住马肚子，任凭单薄的身子随着马背上下跳跃。当然，他还是像从前那样咯咯地笑个不停，有时就连马儿都会被他逗乐。

有那么一两次，他被甩下了马背，在地上趴了一会儿后，又翻过身来躺着，一条腿蜷缩起来，就像狗搔痒时的样子，嘴里不停地骂着，随即又忍不住笑出声来。

"你怎么就知道笑，莫顿？这样不好的。"

"有什么不好？"

"这会让人觉得咱们原住民很蠢……用不了多久就会被人赶走的。"

可是莫顿还是改不了傻笑的毛病。令那些白人最为着恼的是，他的笑声让人觉得无法理解，似乎只有他自己才明白其中的含意。

一天晚上，吉米再次领教了他那怪异且没完没了的笑声。当时，两人来到斯昆附近的一个黑人聚居区，吉米找了个血统纯正的黑女人，莫顿则跟这个女人的混血妹妹睡在一起。就在吉米好事做到一半时，突然听到莫顿咯咯地笑了起来，或许是因为兄弟俩分别睡了两姐妹，尽管这种"兄弟对姐妹"的情形纯属凑巧，并非有意安排，可就连吉米身下的女人也跟着笑了起来，仿佛受到了莫顿的传染一般。

当时莫顿还小，只有十七岁，还处在尴尬青涩的年纪。

1899年深秋，兄弟俩回到布伦特伍德的老家。此时，关于布莱克史密斯兄弟在外面赚了大钱的消息早已传遍整个教区。

一个孩子看到了兄弟俩，连忙喊了起来："看呀，有钱人来啦！"

杰克·斯摩多早就来到达尔茜家，等着领取为人舅父应得的那份钱物。杰克当时四十二岁，身体却像个糟老头，整日嗜酒如命，喝得胡子大把大把地往下掉。

"我们俩可没有多少钱。"莫顿对他说，"我只有十五先令，另外就只有些牛肉和面包。"

听到莫顿如此穷酸，杰克明显大失所望，但他还是拿走了莫顿的全部家当，尽可能平均地分配给各位亲属。

这些族人的目的很明确，表现得也十分露骨——不过是想在这大冷天里喝顿酒而已。这让吉米对部族的固有体制产生了反感。相比之下，莫顿却没有那么复杂，立场也不够坚定，一回到家就兴奋地咯咯发笑，无论是谁，都没法让他停下来。

"你混得总要好些吧，吉米？"

一群人围拢过来，等着看吉米把钱拿给舅舅。在这些人的眼里，只有把钱财分给亲人，一个人才能获得身份、福气以及力量。

　　"有什么好的？"

　　"你的肯定会多些吧？"

　　"什么多些？"

　　所有人都皱起了眉头。

　　"该死的！"吉米尖叫一声，从兜里掏出了钞票和银圆，一把扔在地上。

　　对他来说，这是一笔不小的损失，是他在外面辛苦闯荡攒下的全部家当。二百一十五先令，每一分都来得那么不容易，可转眼间他就变得跟流浪汉无异，身上只剩了些面包、牛肉和烟草。

　　尽完自己的义务后，心潮起伏的吉米走进达尔茜的小屋，躺在了床垫上，脑袋始终对着墙板。墙板上的树皮已被磨得精光，上面钉着一块敲得平平整整的锡皮，只是锡皮的另一端没有钉死，风一吹便不停地颤抖起来。达尔茜本该把房子好好修一修的，住在这种屋子里的人，最容易患上肺炎 —— 按达尔茜的说法叫作"绯炎" —— 威尔夫便是因为肺炎死掉的。

　　吉米刚一进屋，达尔茜便跟了进来："累了吗？"

　　"嗯。一会儿晚点吃饭吧，可以吗？"

　　"好。"

　　达尔茜在屋里徘徊了一阵，低声唱了起来：

我的孩子啊，

想哭尽管哭吧。

你已经长大了，

让眼泪流成河，

滚滚泛着浪花。

"杰克给威尔夫做了一个不错的十字架。"她说道，"牧师也为可怜的威尔夫祈祷过了。他病得很厉害，之前还一直说要去找你，昏迷的时候还不停地喊你的名字。"

在这天接下来的时间里，吉米一直在睡觉，在睡梦中抛开所有的困惑和纠结。与此同时，舅舅杰克叫上几个人，偷偷跑到镇子里喝酒去了。

吉米只在布伦特伍德待了两天，多数时间里要么在睡觉，要么便是一副无精打采的样子。有时候，他会被一阵鬼哭狼嚎般的歌声吵醒——血汗钱一分不剩，唯一剩下的，只有这刺耳又难听的调子。

与此同时，他发现母亲改嫁了，但这件事却从没有听她提起过。她嫁给了一个混血种，一个像莫顿一样笑嘻嘻的蠢货，只不过他比莫顿安静得多，呆滞得多，整日坐在角落里，专心致志地朝一个蜜桃罐头瓶里吐痰，松弛的颈窝里似乎可以塞下一个板球。

吉米对这桩婚事并不在意，只顾蒙着毯子专心睡觉。他渐渐变得神情委顿，越发麻木了。

后来的人类学家把这种现象称作文化休克，但那时已经太迟了，根本帮不上"鸸鹋鹩莺部族"。

达尔茜上了年纪，病恹恹的丈夫命不久矣，杰克是个死不悔改的醉鬼，多蒂得了肺病，经常遭到丈夫毒打。全家人的生命似乎正随着鸸鹋鹩莺的一声声啼叫而缓缓流逝。

相比之下，他还算幸运，可心里却没有丝毫的慰藉。达尔茜把饭端到面前，吉米却把头转向角落。

"你这个灰皮小子，真是让我难过。"达尔茜嘴上这样说着，心里并不觉得异常难过，有部族的亲人陪伴，再加上喝了些酒，她的心里暖暖的。之后的某个夜晚，她会醉倒在地上，身上结满了冰霜，一场急性"绯炎"确保她安安稳稳地住进了布伦特伍德的墓地。

第五章

　　吉米匆匆离开家，朝着一个让人意想不到的方向走去。既然他的大名足以让某人跨过东方的大分水岭来找他，他只好朝西面走，但并没有沿着部族的马鲁加河向西北走，因为河流沿岸有许多镇子，关于他的传言会从那里一路南下，传到布伦特伍德。他想穿过卡斯尔雷河流域，朝最西边走。西部的大旱刚刚结束，那里的牧场主在欢欣鼓舞的同时，也正遭受着红袋鼠成灾的困扰。当地的牧场主正在招人，只要在牧场里击毙一只袋鼠，就能得到一个先令的酬劳。

　　离开布伦特伍德时，吉米打着赤脚，脚板踩在冰霜上，发出咯吱咯吱的声响，凄厉的犬吠声促使他走得更快了。在聚居区附近，他看到一个早起的人正在砍柴。

　　吉米身上只带了些必备的物品，还有一把斧头和一根尖利的楔子，不过他要前往的区域是个真正的农牧业地带，到处都有赚钱的机会，而且那些牧场主的老婆都雇用着女佣——尼维尔先生所说的"农家女孩"。

吉米相信，总有一天，他会变成人人尊敬的"布莱克史密斯先生"。想到这里，他情不自禁地扯开喉咙唱起歌来。那是马瑟尔布鲁克的白人在跳舞时经常用的一首调子。他怀有如此远大的志向，早晚会成为一个正派而体面的人。想到这里，吉米不由得高兴起来。

　　他已经穿过马奇镇，将杰克·斯摩多远远地抛在身后，这不能不让他感到欣慰。

　　这时，他遇到了一名从惠灵顿赶来的骑警。这名警察正朝东面赶路，胯下那匹枣红大马在寒冷的空气中不住地翻着鼻孔。他左手牵着缰绳，右手握拳抵在腰间，似乎认为这个姿势更能凸显自己的威风。警察一拉缰绳，在吉米面前停了下来。

　　"小贼，袋子里装着什么？"

　　"吃饭用的家伙。"吉米敞开袋口，给警察看了看。

　　"嗯，斧头，还有楔子。"警察自言自语地说着，"你做什么差事？"

　　"搭篱笆，警官。"

　　"这些家伙不会是你偷来的吧？"

　　"不是的，警官。是我自己赚钱买的。之前在西里先生那里做工，他就住在梅里瓦附近。"

　　"梅里瓦？"

　　"是的，警官。"

　　"梅里瓦正好是我的辖区，我是高级警官法维尔。你可小心着点，喝醉的时候不要被我抓到了，明白吗，小贼？"

"遵命，警官。"

"我刚刚在惠灵顿抓了一个人，小贼。那人跟你差不多大，把一个十六岁的女孩搞大了肚子，而且把人家弄死了。这种行为你怎么看？"

"真他娘的可耻，警官。"

"我看也是。用不了多久，他就会见识到海博里先生的厉害了。你听说过海博里先生吗？"

"没听说过，警官。"

"海博里先生名气大得很呢。他是巴尔曼的一个肉贩，后来成了执行绞刑的刽子手，手艺特别好，都可以算得上刽子手中的学者了。认识他真是我的荣幸。你现在要去哪里，小贼？"

"往西走。"

法维尔挑了挑眉毛，似乎有些惊讶——这个黑人居然辨得清东南西北。

"布伦特伍德是个该死的地方，我待不下去了。"吉米坦白地说道。

"你知道怎么追踪吗？"

"当然知道。"

"露一手给我瞧瞧。"

这种事自然难不倒吉米。西部地区野兔泛滥，马路上到处可以见到它们的足迹，况且这些印记并没有被吉米和警官的脚印覆盖。他用手指着爪印，循着痕迹来到一片草丛跟前。左手边是某个牧场主修建的篱笆，右边的小山丘上分布着三棵薄荷树。这里本是赶牛人露营的地方，但地表下方却被泛滥成灾的兔子掏得空空如也。

一行行的爪印清晰地印在凝霜的土地上，吉米似乎觉得这差事太过容易，不值得去花费精力，于是便转身走了回去。法维尔的枣红马正打着响鼻，时而抬起前腿嘶鸣几声，嘴里喷出一阵阵白气。法维尔坐在马上，仍在等着他展示追踪的绝活，吉米只好耸了耸肩，继续去找。

兔子自然人人可抓，因为它是外来物种，并不是任何部族的图腾。地上的草、树枝、枯叶都是兔子用来掩盖行藏的，但任何细微的差别都逃不过吉米的眼睛。他循着这些线索，找到了另外几行交错的足迹，最终找到了兔子洞。

"我可什么都没瞧见啊！"法维尔叫道。

"是个兔子洞，警官。"

说着，吉米拿起斧头在隐蔽的洞口挖了起来。最后，三只兔子逃出洞口，从吉米的两腿间蹿了出去。法维尔警官煞有介事地开了几枪，打中了其中一只，吉米忙去捡了回来。法维尔接过兔子，用一根绳子拴在了马鞍上。

"正好拿给马奇镇的酒馆老板娘，让她炖了下酒吃。"法维尔解释道，"警察局正打算为梅里瓦招募一名追踪手，我不想从维罗纳招人，那群黑鬼懒得要死。你要不要试试？每周七先令加六个便士，有马骑，包三餐，你可以睡在马棚里，不过没有靴子穿。你要是想装绅士的话，可以用你的七先令加六个便士去买。不过我可告诉你，这份差事，奸懒馋滑的黑鬼可是做不来的，你必须把马照顾好了，包括你的马，还有三位警官的马。还要给警察局和警官家属砍柴。"

吉米二话没说，迫不及待地接受了。这的确是个好差事，不仅脸面上好看，部族的亲属们更不敢来警察局跟他讨钱花。

他看了看那只浑身是血的兔子，它的后腿正微微颤抖着。

"你为什么想当警察？想在维罗纳的黑女人面前大出风头？"

"七个先令加六个便士，这个待遇还不错。"吉米答道。

"好吧，下周的这个时间，你必须到梅里瓦去报道。要是不去的话，小贼，你就等着要饭吃好了，反正我还有其他黑鬼做人选。"

"遵命，警官。"

法维尔优哉游哉地骑着马离开了。他知道，黑人一天可以走二十英里，要是穿了靴子的话，就可以日复一日不停地走下去。

领到警服后，吉米才知道自己犯了个错误。蓝色的外套过于肥大，帽子戴起来松松垮垮，裤子穿起来很紧，勒得裆部生疼。他用生硬的英语宣读了冠冕堂皇的誓言，立誓效忠维多利亚女王，然后就摇身一变，成了警察局备案的追踪手。他骑在马上，穿着那套不甚合身的警服，活似漫画中的原住民形象。

"把袖子卷起来，"法维尔警官漫不经心地说道，"不介意的话，把胳膊好好洗洗。欧尔·班耀倒是个不错的追踪手，可惜太他娘的邋遢。我们该怎么称呼你？欧尔·班耀用的可是原住民姓名，叫什么我们倒不在乎，不过要把你们的资料寄到悉尼去，要备案的。所以，你想让我们怎么称呼你？"

"J.布莱克史密斯。"吉米答道。

"就这样？"

"嗯。"

接下来，会有一名中级警官给吉米介绍工作职责。在等待这名警官的时候，法维尔允许吉米靠着墙根坐一会儿，自己开始坐在桌边处理文件，手里的钢笔沙沙作响，不停地在那些只有高级警官有权过目的文件上签着字。过了一会儿，他抬起头来问道：

"你是教区的黑人吗，吉米？"

"嗯。"

"一看你就是。班耀就不是教区来的。管他的，只要会追踪就可以了。"

吉米的脸色顿时变得十分难看。刚刚做警察不到半小时，他的心里便涌起了杀人的冲动——他已经被正式认定为一名黑人，一个穿着警服的黑人。他的身份已经登记备案，甚至比杰克或莫顿的黑人身份还要正式，永远无法抹除。

然而繁忙的工作很快便冲淡了他这愚蠢的想法。作为警察局的一名辅助人员，他不仅要照料三匹马，还要清洗警官的马鞍，保养枪支武器。由于梅里瓦地势较高，天气寒冷，他还得负责生火——频繁地生火。除了每天要砍三遍柴，他还得为中级警官送信。那位中级警官与法维尔不同，他已经娶了太太，因此认为自己有权住在警察局的宿舍里。渐渐地，他开始指使吉米为他做些家务琐事，比如去肉店取肉等等。

在当差期间，吉米偶尔会骑马经过那个埋尸的地点，就是一年前草草掩埋那个被刀捅死的白人小子的地方。不过穿上警服后，维罗纳的那群人似乎谁都没有认出他来。

平日里没有什么人需要他去追踪，只是警察在抓捕黑人的时候，吉米必须陪同，以便对罪犯进行劝解或恐吓。

法维尔警官喜欢打猎，尤其喜欢猎捕野猪。于是，吉米的职责往往是去追踪野猪。对于两个相互鄙视的人来说，吉米和法维尔居然能配合得如此默契，倒也十分难得。

然而没过多久，报应来了。吉米在警察局的差事也因此做到了头。

当地邮政局局长的儿子突然良心发现，忐忑不安地找到了法维尔警官。他向法维尔坦白道（他的嗓音十分沙哑，供词仿佛已事先背熟），他并不想给一个体面的家族抹黑，但是一个名叫杰克·费舍的年轻人已经失踪很久。一年前，两人曾在梅里瓦的阿尔伯特亲王酒馆喝酒，待了几个小时后，大约晚上十点的样子，费舍骑马离开了酒馆，说是去维罗纳找黑女人。

法维尔知道，镇子里的白人在喝完酒后，常常会去维罗纳找黑女人寻欢，就连镇子里的议员也不例外。每当看到那些患了沙眼、下巴、鼻子或额头长得跟自己有几分相似的混血儿，这些白人就会十分难堪。黑女人还不懂得勒索一类的下流手段，这对白人来说，可算是天大的运气。在那些议员的眼里，最恐怖的事情莫过于在街上，或在政府办公室或艺术学校的可视范围内被哪个黑女人喊出名字来。

黑女人可能会嗲声嗲气地说："你好啊，艾迪。"语气中带着三分讽刺，三分顺从，还有三分可憎的天真。

然而跟黑女人睡觉的事情，白人从来不会拿出来吹嘘，或许是因为这种事情太过容易，不值得吹嘘。这些人更不愿意承认那些唾手可得、嘴角松弛的黑女人身上有什么独特的魅力。尽管黑人聚居区附近专门建了一所妓院，但众人都认为，不会有人堕落到喜欢黑女人的地步，何况经常听到传言说，白人若是睡了黑女人，就会慢慢委顿，再也不能跟白人女子交欢。

杰克·费舍的父亲是梅里瓦地区的大财主，专门霸占无主地。邮政局局长的儿子说，尽管费舍先生已不在人世，但还是怕损害了他的名声。

吉米琢磨了一阵，确定这事对自己构不成威胁后，心里不由得生出一阵狂喜——白人小子被害的事情一直悬而未决，憋在心里极不痛快，幸好眼下又被人翻了出来。

这一次，他终于有机会穿上那套不甚合身的警服，对维罗纳的罪恶进行疯狂的报复。

法维尔显然对这个案子十分感兴趣。

"当时我们询问过你，可你从没提起去黑人聚居区的事情啊？"法维尔故作威严地问道。

"我是怕费舍老先生承受不住，如果让他知道，杰克的失踪跟那种事有关的话……"

"照我看，你是怕被你父亲知道了，自己会有麻烦吧。毕竟你也去了。"

"没……没这回事。"

"你究竟去了没有？"

"没有。"

"别装了，明摆着的事。"

小伙子用长满雀斑的手不停地掐着自己的额头。

"好吧，我承认。"

"这事可不是闹着玩的。"法维尔说，"你知道他去找黑女人，当时却没告诉我们。"

"我是担心费舍先生的身体。"

"他经常去那种地方？我是说，有没有经常找哪个黑女人？"

"不，没有的。我是他最好的朋友，他如果经常去维罗纳，我怎么会不知道？"

"那晚他睡的女人叫什么名字？"

"我不清楚。他去了另外一个小屋。后来，我就在拴马车的地方等他，不知不觉就睡着了。"

"是身子被淘虚了吧？"

"我以为杰克会在那里过夜，于是就骑马回家了。"

"这么说，是那群黑鬼偷了他的马，并且把马杀了，吃掉了？"

"不知道，不过他在那里不该遇到什么危险的。"

"可是他却偏偏遇到了危险。不管怎么说，我们一定会找到他的。到时候，你去找黑女人的事情就会在梅里瓦传开了。"

"可是我已经有未婚妻了。"

"那你最好把她的肚子搞大，这样她就没法反悔了。"

接下来，法维尔把他歹毒的意图进行了美化，宣称要保护杰克·费舍神圣的生命权，不让它在维罗纳受到侵害。

当然，吉米知道法维尔绝对不会那么规矩，他曾几次三番地对自己动手动脚，摸来摸去，只不过为了形象着想，不敢太过分。对于法维尔而言，恐吓春心萌动的半大小子委实是一种享受。

在吉米看来，这件案子正是他复仇的好机会。维罗纳的黑人太容易堕落，理应遭受惩罚，他要通过那个杀人犯来惩罚整个部族。复仇的欲望像熊熊烈火般炙烤着他，那个人的名字差点就从吉米干燥的嘴唇中蹦出来。没错，那人叫哈利·爱德华兹。

趁着法维尔取武器的工夫，吉米已经备好马匹，等在警察局门前。两人暗暗怀着各自的兴奋，骑马穿过午后宁静的小镇。学校里的孩子们兴冲冲地跑到操场的铁丝栅栏前，嘴里高声唱道：

> 黑鬼佬，黑鬼佬，
> 穿着一身破布条，
> 快点滚出我们镇，
> 再也不要回来了！

法维尔引着吉米走进了幽暗的树林，这里香桃丛生，乔木高耸，耳边只有一片寂静，再也听不到孩子们唱的童谣。

然而刚到维罗纳，一群孩子立刻围拢过来，跟在马后跑着，不断嘲笑着吉米身上的制服。女人们也纷纷来到门口，七嘴八舌地谈论着，咯咯地笑着，仿佛两人的到访给她们带来了极大的荣耀。男人们见状拔腿就跑，就连待在屋里的男人也不例外，纷纷从大笑着的女人身旁蹿过，四散奔逃。

"吉米，快追！"法维尔说着抽出警棍，两腿一夹马腹，飞快地向前冲了过去。最先追上的是一个老人，法维尔一棒将他放倒，随后又追上一名年轻人。然而年轻人张开暗红色的大手，一把将他的警棍拨落在地上。吉米及时赶到，一把牵住了法维尔的缰绳，捡起警棍递给了他。

"快追，再给我抓几个回来，吉米！"

法维尔下马收拾那两个黑人，一手按倒一个。

吉米本可以带着法维尔直接去埋尸地点，但这样做太不明智了。此行的目的就是去惩罚那些人，他要和法维尔慢慢地消遣才是。

刚一追到树林里，吉米的马便转不开身，根本追不上那些四处逃窜的人。这时候，一个杰克·斯摩多一般醉醺醺的人刚好从马前跑过，吉米弯腰伸出警棍，正好打在那人后脑勺上，醉鬼两手捂着耳朵，倒在地上翻滚起来。与此同时，吉米感到警棍猛烈一震，手臂一阵酸麻。这人醉得实在厉害，行动起来没有其他人那么灵活。

在维罗纳聚居区内，法维尔厉声咆哮着，吓得居民养的狗都安静下来。

"一个白人小伙死在这儿了。就在一年前，死在维罗纳了。没准尸体就埋在附近，肯定远不了。黑鬼都懒得要死，不会埋得很远。说，埋在哪里了？老实交代，否则法维尔警官就把你们的狗头敲掉。"

"死在这儿了？"那个老人呜咽着说，"什么叫死在这儿了？"

"意思就是，没准被哪个黑鬼弄死了。"

"白人被杀了？"那个年轻人似乎还没弄清怎么回事，一只耳朵不停地淌着血。

"我刚才说了，没准是被维罗纳哪个该死的黑鬼杀掉了。"

站在门口的女人们全都尖叫起来。

这时候，吉米再也按捺不住，杀人犯的名字几乎就要脱口而出。他一把按住自己抓来的那个人的肩膀，打算冒险赌一把。

"这家伙说，哈利·爱德华兹跟一个年轻的白人小子打过架。"

那人刚刚挨了吉米的棍子，此刻还没缓过神，根本没机会否认。

"他杀了那个白人？"

"把他捅死了。"

"这个哈利·爱德华兹住在哪里？"

几个人稍微清醒了些，不约而同地指向一栋由树皮和木板搭成的破木屋。吉米突然觉得这些人单纯得可恨，就连法维尔这样的蠢货都应付不了。

此时，萨利·爱德华兹正站在门口，依然漫不经心地望着法维尔，随时准备和姐妹们一起尖叫，哄笑，或者悲叹。

"哈利·爱德华兹是你男人？"

"是啊。"萨利两手捂着嘴，忍不住笑出声来。法维尔要是见过莫顿的话，肯定不会为她的怪笑感到惊讶。

"你叫什么名字？"

"萨利。"女人答道。吉米看得出，尽管她不住嘴地笑着，心里却充满了恐惧和无助。

"萨利，你的男人去哪里了？"

"他是个懒蛋。"女人止住笑声，说道，"到弗莱迪家睡觉去了。"

法维尔立刻赶去叫醒了这位"懒蛋"哈利。

尽管事情已经过去一年多，事发时吉米又刚刚喝过酒，睡得迷迷糊糊，但埋尸的地点他却记得清清楚楚。后来有人怕尸体会带来厄运，转移了埋尸的位置，但那是很久之后才发生的事情，况且转移尸体时一定会在灌丛中留下痕迹，辨认起来并不难。不过吉米知道，绝不能自作聪明，扫了法维尔警官惩凶的兴致。

不到一个小时，哈利·爱德华兹便被按倒在地上。看到这样的场景，吉米居然感到一丝变态的快感。他知道这很下流，但却无法控制激动的情绪。紧张的女人们有的窃笑着，有的则哀嚎起来。法维尔命令一个男孩取些水来，给趴在地上的爱德华兹醒醒酒。男孩蹒跚着走了出去，脸上带着惶恐而顺从的神情。

人人都看得出，法维尔对案子的进度十分满意。之所以不想有人过早地供出埋尸地点，是因为他的威风还没有逞够。不过吉米却不似他这般沉得住气，情急之下居然自己找尸体去了。

从树林里出来时，天色已经比他预计的还晚。哈利仍然趴在地上，小屋的阴影罩着他。法维尔正在询问几个女人，女人们用粗笨的大手摸着脖子，硬生生把笑声咽了下去。这种幼稚的行为让吉米无比厌恶。他的心里陡然生出一种崇高感，跟法维尔站到了同一战线上。

最后，终于有人愿意带着他们去第一次埋尸的地点。招供者说，第二次埋尸的地方不知道在哪里，因为帮助哈利转移尸体的人已经离开了维罗纳。

天突然下起雨来，泥泞的小路在雨中依稀可辨。哈利和他的同谋在转移尸体时太过草率，路边的灌丛被踩得歪歪扭扭，改变了原来的生长方向——很可能当时两人都喝醉了。

吉米冒雨穿行在枝繁叶茂的森林里，循着线索走了四分之一英里。大颗大颗的雨滴砸在身上，吉米一脚深一脚浅地走着，神情就像跟在法维尔身后的那群人一样恭顺，似乎做好了随时挖尸的准备。突然，他的脑海里闪现出这样一幅画面：绞索上挂满了尸体，都是些弱小种族的族人，这些不幸的人沉沉地睡着，四肢在微风中摆动着，沉沉的睡意渗入身体的每一根筋脉里。

吉米确信这是一个好兆头，仿佛自己是个白人现实主义者。

他出色地发挥了黑人的追踪本领，最终在一条溪流旁边找到了那个草草掩埋的坟墓。溪水欢闹奔腾，若是在晴天经太阳一照，定然美不胜收。许多卵石随汛期的洪流而下，累积在岸边，渐渐形成了一个坝子，里面积了很深的淤泥，只不过哈利在慌乱之下，埋尸的时候挖得不够深而已。

众人开始卖力地挖了起来，没过多久便闻到一股腐臭的气息，一时间人人掩住口鼻，叫苦不迭，随即又歇斯底里地笑了起来。

笑得正欢的一个黑人被法维尔打了一拳，又惹得众人一阵哄笑，随着腐烂的尸骨渐渐露出泥土，笑声更加响亮了。

吉米感到一阵大仇得报的快意，尽管他心里清楚，这种情绪并不恰当，而且有可能失去控制。然而快意终究是快意。不论是白人男孩还是吉米，只要身在维罗纳，都有惨遭横死的可能。为此，他已经作出了反击。

案件的种种细节刊登在了文风沉郁的《悉尼先驱报》上，《悉尼邮报》还专门致信法维尔先生，索要他和吉米的照片。

"净扯淡。"法维尔说道，"要什么照片，纯属浪费时间。"但是，他把自己的照片寄了过去。

葬礼上，杰克·费舍的母亲走到法维尔跟前，冷酷的嘴角勾勒出怨恨，一副血债血偿、决不罢休的神情。

"这是你应得的，警官。"说着，她给了法维尔三百英镑的酬劳。

"夫人，您真是太慷慨了，我一定把您的好意转达给上级。"法维尔大献殷勤地赞叹道。

回到警察局后，备受瞩目的法维尔不禁有些飘飘然。在牧师的礼拜堂里，他长篇大论地讲自己如何敬重有才能的黑人，如何促进了白人和原住民的合作，等等。当然，所谓的合作并不意味着平等，因为他只从费舍夫人的酬金中分出两镑十先令给吉米。

不久后的一天晚上，高级警官法维尔在办公室里自斟自饮起来。喝醉的法维尔并无半点趣味可言，更不会顾及什么兄弟情义。他在屋子里跟跟跄跄地乱闯，嘴里咒骂不停，将平日里得罪过他的人统统骂了个遍。

哈利·爱德华兹自然明白醉汉的可怕，满心恐惧的他忍不住哼起了调子。吉米听不清这位杀人犯在牢房里唱着些什么，大概是在慨叹马上要死在异乡人中间，不知道这些异乡人的图腾是什么，或许他无意中杀死并吃掉了这些人的图腾，等等。

总之在新南威尔士骑警的警察局里，这种哀嚎全然引不起丝毫怜悯。就在这时，法维尔也跟着嚎了起来，先是唱了首《菲力姆·布拉迪》，随即又唱起了《拉克伦河的汉子一起来》，歌声既不悠扬也不动听。他一曲接一曲地唱着，甚至还脱掉了制服，在办公室里乱翻抽屉。他的阳具已经挺了起来。吉米知道法维尔的怪癖，更知道监狱里向来有鸡奸的传统，心里早已做好逃到马棚里去的打算。

经过牢房时，哈利·爱德华兹正扯着嗓子用约德尔调唱歌。

"警察先生。"他冲吉米叫道。奇怪的是，他仍然没有意识到，眼前这人便是去年参与埋尸的同谋。他那与生俱来的敏锐观察力完全被吉米身上的警服所蒙蔽。

"怎么？"吉米停住了脚步。就在这一瞬间，他险些失去理智，忍不住要告诉眼前的罪犯，如今的下场都是因为他愚昧无知、行为不端，是维罗纳人把鲜血溅到了他的手上。

"让开路哟，让开路，爱尔兰勇士来咯！"法维尔用浑厚的声音继续唱了起来。

"为什么帮法维尔先生抓我？"

"因为你杀了一个白人小子。"

两人用不着考虑英语的发音是否标准，因为原住民如何说英语，那是警察考虑的事情。为了刻意疏远哈利，吉米仍然不停地讲着英语。

"是的，可是法维尔先生，他不会让我好过的。"

"谁让你做了伤天害理的事情。"

"没错，我是捅了那个白人小子一刀，可是……"哈利以为吉米并不知情，于是便说起白人小子如何刚刚睡了萨利便开始乱砸东西。

"可你毕竟捅死了他，用的刀子还那么尖利。"

"求求你，别把我留在这儿，别把我留在法维尔这里。"

吉米知道，自己的表现未免过于冷酷，这会污染他的灵魂，让他陷入疯狂，让他无法实现自己的远大志向。

"自己的婆娘，为什么送给白人玩？"

哈利并不明白吉米的问题。

"白人经常玩黑人的老婆，自己的婆娘却不让人碰。要是老婆跟别人睡了，他们一定会杀了那个婆娘，或许连奸夫一块杀了。萨利是你的女人，为什么送给白人小子骑？"

就在哈利苦苦地思索这个问题，两眼愣愣地出神之际，吉米离开了。

他来到马棚，躺在地上，扯过一张铺盖，狠下心来准备睡觉。哈利的歌声里依然透着一丝凄凉，但幸运的是，歌唱的人却意识不到这种凄凉。

第二天一早，他在警察局宿舍的厨房里给法维尔沏了壶茶。明亮的阳光照进窗子，玻璃上的霜绽放出灿烂的光彩。镇子里的篱笆湿漉漉的，从山顶一直延展到山谷，镇子里的街道仿佛也被昨夜的雨水洗涤一新。看到这焕然一新的街景，吉米十分欣慰，但他知道，过了九点钟，便再也看不到这清新的景色。在这个白人居住的小镇里，吉米迎来了清晨，却送走了哈利·爱德华兹。

　　吉米端着沏好的茶水，走进法维尔的办公室。这位高级警官正依偎着火炉沉沉地睡着，身下垫着一块毛毯，身上又盖着一块。他上身穿着警察局发的衬衫，下身却只穿了一条马裤——俨然一副"效忠女王"的派头。

　　法维尔紧紧皱着眉头，除此之外，看不出任何昨晚醉酒的迹象。正要走出警察局时，吉米突然看到了哈利·爱德华兹——他吊死在牢房里，两眼翻白，眼珠外凸，长长的舌头吐了出来，就像一条被斩断的蟒蛇，张开的嘴巴僵在那里，仿佛正在呼喊。

　　"哈利·爱德华兹用他的皮带上吊了。"法维尔对吉米说，"我这就去见治安官，你把哈利放下来。把他身上的衣服全都脱掉，点火烧了，然后把他的身子洗一洗，用毯子包裹起来。照理说，上面会要求验尸的。"

　　尸身上沾满了屎尿，吉米手足无措，即便换作一名护士也会如此。吉米在清洗尸体手脚时，动作异常轻柔，就像平日里服侍活人一般小心谨慎。

　　那条皮带还很新，至少不是哈利·爱德华兹常用的那种。皮带扣依旧闪闪发亮，皮革上也看不出裂纹，显然是法维尔的。为了表达自己的鄙视，吉米把那条皮带放在了法维尔的记事本上，然后用一张毯子裹住了哈利的尸体。

随即，他把哈利的衣服扔进火炉，又把自己过于宽松的警服、裤裆过于紧绷的蓝色裤子扔了进去。帽子放在了牢房门口，留给法维尔的下一任追踪手。

随后，他穿上了从前的衣服，离开了警察局。中午时分，他已远在十英里之外。

二十岁的吉米再次回到了大山里。这次，他想买一把造价便宜的恩菲尔德或夏普斯步枪。

"这些黑鬼就是靠不住。"第二天，法维尔对那位中级警官说道，"刚刚培养得有点人样，转眼就他娘的没了人影。"

第六章

第二年十一月，吉米穿过炎热的考拉镇，来到镇子边缘的一家羊毛作坊。温迪山区溽暑蒸腾，吉米顶着炎炎的酷日在羊毛作坊做起了活计，主要的工作是打扫粪便和羊毛。

此外，他还负责给厨子打下手。据周围的人说，这位厨子的身世比较离奇——从言谈举止来看，像个受过教育的英国人，做饭的时候还要戴个蝴蝶领结，只不过领结上布满了油污，说起脏话来也是一副文绉绉的样子。另外，他经常阅读邮局送来的《伦敦新闻画报》，对政治运动非常了解。

到了晚上，剪毛工们就会追问他的过去，问他为什么会沦落到给考拉镇羊毛作坊的主人当厨子。有人猜测，他从前是个中学老师，后来因为猥亵男孩吃了官司。另外一些人则发挥想象力，认为他玷污了女仆或者做了那些英国传奇剧中常见的下流事。不过多数人怀疑，他可能只是个本地人，做过布商的伙计，因为手脚不干净被赶了出来。然而面对这样一个来历不明的人，这样一个尖酸刻薄却沦落得如此窘迫的绅士，种种猜测并不能满足众人猎奇的欲望。

羊毛作坊的主人是海斯夫妇，两人雇了一个厨娘。有一天，吉米发现厨子正在给厨娘催眠。这个厨娘年纪还小，大约十七岁，头发稀疏而微微泛黄。一个剪毛工说，作坊里的厨娘都是些不良少女，是海斯太太从悉尼的收容所里带回来的。不过这个厨娘看起来并不漂亮，脸盘瘦削，性格也没有那么自我，似乎不具备"不良少女"的资格。多数时间里，她会在屋子里忙前忙后，殷勤地服侍海斯太太，一张小嘴总是张开着，仿佛鼻子不通气一般。

吉米刚刚走进厨房，专注于催眠的厨子顿时被打断了，厨娘满脸绯红。

"一个打杂的小子而已，你害羞个什么劲？"厨子尖刻地说道，"瞧瞧，这就是羊毛坊新来的神棍！"

女孩瞧了瞧身旁的吉米，嘴角浮现出一丝笑意。

"来，吉米，给这位姑娘下个咒。"

吉米横了女孩一眼。在这个可怜的女孩面前，他可不甘心任人奚落。

"我可不是来做这种勾当的，厨子先生。"

"啊哈！我明白，巫术是你们部族的秘密，对吧！施展起来，会要人性命的！"厨子叫了起来，那副神态颇似乡村舞剧中表演助兴的艺人。

女孩大着胆子咯咯笑了两声，显然与厨子站在了同一阵线。

"这些都是扯淡，先生。"

"哦，吉米，我的话伤到你了！"厨子说着，言语间流露出近乎讽刺般的同情，"我们欧洲人的信仰贫瘠得可怜，而最拿手的事情却是笑话那些土著。可在我看来，土著的确有自己的一套，具体是什么不清楚，总之是有一套。"

听到"有一套"几个字，女孩哧的一声笑了出来。很显然，就连这位"不良少女"也觉得吉米比她低几分。

"让我跟她单独待上十分钟，看她还敢不敢笑。"吉米心想。至于具体要怎样修理这个女孩，他自己也不清楚，总之不会打她，更不会侵犯她，大概会用没那么粗鲁，但却让她长记性的做法。

"你到底要不要我帮忙做饭，厨子先生？"吉米逼问道。

"啊哈！你们的传统不是游牧觅食吗？现在改主意了？我们欧洲人总是认为，土著的生活方式虽然称不上诗意，倒也有几分田园风情。但事实上，土著常常会遇到无法避免的现实问题。"

女孩仍然一副幸灾乐祸的神情，望着口若悬河的厨子逼得吉米哑口无言。

"我可不是土著，厨子先生。"吉米说道。土著两个字是他从尼维尔先生那里学到的。每次说到这两个字，尼维尔先生就会满脸不屑地咒骂几声。

厨子半晌没有搭话，似乎有意想让吉米难堪，或是用沉默来暗示——吉米就是土著。土著就是土著，他还有什么好说的呢？

"我是个混血儿，父亲是布伦特伍德的大人物。"

女孩不以为然地哼了一声，这让吉米对她的厌恶更深了一层。

"哦？是真的吗，吉米？"厨子问道，"他是布伦特伍德的哪一号人物？"

吉米首先想到的，便是尼维尔先生的高大形象。"他是一位牧师。"

"天哪，吉米！你连不定冠词都会用呢！我之前见到的黑人，没有一个会用的。"

"虽然我不明白你在说什么，厨子先生，但我心里明白，你巴不得我出丑。"

"哎，这么想就不对了，吉米。我并不是有意——"

"我明白，厨子先生，明白得很……"（吉米自觉底气足了不少，眼神也变得咄咄逼人起来。）"我只知道，干活就要干到底，中途绝对不放弃，除非雇主品行不好。我离开过两个雇主，一个是吝啬鬼，一个是刻薄的小人。"

听到这番话，女孩似乎被吉米忠于职守的品质触动了。不料厨子轻笑一声，仿佛吉米根本没理解他的意思。随后，他表示要马上准备午餐，否则便来不及了。

女孩也起身离开厨房，嘴唇上的汗珠还没擦干，便顶着炎炎的烈日，到院子对面给海斯夫妇准备上好的饭菜去了。

吉米在考拉镇买了双威灵顿防水靴，根据商店老板娘的说法，这叫作橡胶靴。不过他更喜欢"威灵顿"这几个字中威风凛凛的含义，觉得这种叫法更正确，更符合自己的气质。这样一来，剪毛工们就会说，"吉米这小子，跟我见过的那些黑人完全不同"。

事实上，令人意外的是，白人并不太赞同黑人穿靴子，认为靴子会弱化黑人的游牧本性，降低他们的工作效率。

吉米履行了自己的诺言，在羊毛作坊整整工作了一个季度，没有半途而废。

羊毛作坊的工作结束后，他又来到四十英里外的一家农场做起了清洁工作。两周之前，海斯太太带着厨子和那个名叫吉尔达的"不良少女"，来到这家农场拜访农场主太太。这一次，吉米又看到女孩跟厨子在厨房里悄悄讲着什么，没过多久，女孩找到了吉米，向他吐露了心事，两人随即便定了亲事。

这场姻缘是从几个月前开始的，当时两人在海斯羊毛作坊外面的河畔偶然相遇，在河边坐了几个小时后便发生了关系。这场鱼水之欢来得太过草率，到夏末定亲时，吉米已经全然记不起当时的心情或肉体上的感受。

不过既然定了亲，吉米就必须开始讨要工钱，着手准备婚事。

就这样，吉米做完了最后一次清洁，准备跟老板结算报酬。一张牌桌从农舍里被抬了出来，坐在一侧的雇主拿出钞票，交给了吉米。

大凡有家室的人，不论是来自考拉镇、福布斯还是奥兰治，都会在冬天到来前结算酬劳，然后把多数的工钱带回家去。自然也有些寻欢作乐的人，他们会把一部分工钱——相当于回家的火车票钱——塞在靴子里，然后花上整整一周的时间出去狂欢。

他们总是把钞票数了又数，优哉游哉，一点都不急，然后揣进贴身的口袋。

有两个年轻人打算去喝酒找女人，把钱花到一个子儿都不剩，然后去悉尼参加骑兵团。他们早就从报纸和厨子那里得到消息，南非正在打仗。

当时是1900年，南方刚刚开始入秋。

吉米是最后一个拿到工钱的。其他工人拿到工钱后，纷纷商量着出去找乐子，把吉米和雇主两人晾在一旁。在众人的欢呼和尖叫声中，雇主沉吟了半晌，然后拿出三英镑递了过来，吉米不仅没有接受，反而后退了一步。

"这不公平，老板。"吉米抗议道，"我就快结婚了。"

一缕缕烟从雇主的嘴巴里喷出，绕着他暗黄色的胡须盘旋上升。

他又拿出三张钞票。

"每周十个先令，咱们说好的！"

"给你再多有什么用？还不是被你的亲戚拿去喝酒！"

"不会的，老板。我要结婚了，是个白人女孩。"

"哪个白人女孩？"

"海斯太太的厨娘，老板。"

"你让她有了？"

"有什么了，老板？"

"你让她怀上黑崽子了？"

"嗯，她是个好女孩，从收容所出来的。"

"如果我是你，绝对不会把白人女孩的事情拿出来炫耀。"说着，他又抓起两张钞票。

收容所出来的好女孩！雇主并不看好吉米的婚事，他宁可马上给钱，也不愿意欠下一笔麻烦债。

"快滚蛋吧，吉米。"他说，"趁着你运气还不错。"

海斯太太的厨娘说，之所以这么快定亲，是因为自己敬重吉米，也因为怀了他的孩子。她很年轻，两腿上长着色斑。

对吉米而言，自从初次相见，他便看到了与白人结婚的希望，经历了河畔的事之后，他便更加有信心。于是，他便一直暗暗观察她。她是个蠢笨的女人。

比如，海斯太太曾手把手地教过她如何摆放餐具和菜品，甚至还拿出比顿夫人的图画书来做例子，可吉尔达转眼就忘得一干二净。傍晚时分，只要朝着海斯夫妇的饭厅里瞥一眼，就能看到海斯太太警觉的眼神，看到海斯先生恨不得自己端饭菜的愤怒表情，更能听到吉尔达不停用鼻子吸气的声音。她在屋子里忙前忙后，一会儿端汤盘，一会儿端托盘，不一会儿土豆又冷了。直到这时吉米才发现，她用鼻子吸气根本不是为了显示自己的出身有多么优越，而是因为患了严重的鼻窦炎。她长得自然比不上西里太太，可是要想跟白人女孩结婚，吉米不能总拖着，总该有所尝试才行。他忍不住想，等他将来功成名就时，吉尔达定然会感受到压力，没准会渐渐地变成西里太太那样的女人。

吉米想找个住处安顿下来，这样她就不用再服侍海斯夫妇，可以跟他生活在一起。

一个月后，他又揽了一桩篱笆生意。这次的雇主名叫纽比，在沃伦镇拥有七千多英亩的土地。干活期间，他趁机从纽比的林地里砍了些木头，盖了间只有一个卧室的小木房给新娘住。他甚至还挖了一个便坑。

纽比是个五十二岁的老农夫，时常仰着头，任凭那铁锹形的胡须盖在脸上，一对冷酷的眼睛里透着嘲讽。他似乎花了很多时间来监视吉米，为了防止口干，他时常吮着卵石。

纽比先生与西里和刘易斯差不多——好像几个人商量好了一般——总是期待着吉米犯错，并且把这种期待当作一种消遣。在他们眼里，吉米的行为总要与黑人的禀性相符才是。

为了证明自己品性不差，吉米会主动谈起一些能够体现自己责任感的话题。

"老板，您期待实行联邦制吗？"

"谈不上期待或者不期待。自由贸易又不会影响到我们农民。政客们爱怎么折腾就怎么折腾好了。你什么时候把老婆接过来，吉米？"

"快了。可是，如果实行联邦制的话，咱们这里不就更强大了吗？"

纽比笑了起来："强不强大跟你有什么关系？"

"我很爱国呢，老板。"吉米并不知道，在说出这番话的时候，他把自己、纽比先生，以及澳大利亚讽刺了个遍。

"你不去从政真是可惜了。"

"真的吗，纽比先生？"

"很多政客连你都不如呢，吉米。马奇镇有个叫泰勒的老东西，因为在悉尼议会大厅的一根柱子后面撒尿，被赶出了议会。这些人做不出什么好事来，就知道公权私用，把铁路修到自家门口。像沃尔卡那种地方，人口好几千，可是铁路修到那里了吗？没有。只修到了十五英里以外，一个连镇子都没有的地方。还不是因为议员中间有个占地者？还不是为了自己方便，不想把羊毛大老远运到火车站去？这些个人，没有一个品性好的。你要是从政的话，至少不会是最差的那个，吉米。你确定你老婆是个白人？"

"白人就是白人。半点黑人血统都没有。"

"她肚里的崽子呢，吉米？你还真是个混蛋。"

"事情不是像你想的那样。"

"别解释，你干的好事，我清楚得很。"

先是西里，然后是刘易斯，现在多了个纽比，这些人个个都认定吉米不会有好结果。既然他们满脑子里只关心土地，对政治不感兴趣，那为何巴不得吉米犯错呢？就算没有犯错，他们也会臆想出一些错误来。吉米隐隐约约地感觉到，这些人似乎只会抱着"宣战"的态度来对待黑人。这个词是他在羊毛作坊里学到的，对他而言，"宣战"两个字的意义不仅包括憎恨、奚落、贬低，更有一丝令人愉悦的、无比自由的含义。

跟其他人比起来，纽比和善得多。他有三个女儿、一个老婆，家里还住着一个女房客。或许正是因为身边女人很多，他才对女性格外关心。"你的未婚妻怎么过来呢，吉米？"

"先坐火车到利斯戈，然后再到吉尔甘德拉，老板。"

"吉尔甘德拉离这儿很远呢，吉米。你不会让一个孕妇从大老远走过来吧？"

"我也没有办法，纽比先生。"

"我的二女儿有匹马，时候到了，你就去牵好了。记住，不能骑，只能牵着。对了，你刚才说，她从哪条路过来？"

吉米把路线重复了一遍，纽比忍不住笑了起来——这个黑鬼，行程路线倒记得很清楚。

"她是个好女人呢，老板。"一天，吉米忍不住夸口说，"会做饭，也知道怎么摆餐具，连汤勺怎么放都知道，羊毛作坊的一位太太亲手教的——考拉镇的海斯太太。"

纽比点了点头，但眼角的余光里始终带着一丝嘲弄。

沃伦镇建在河流上游，镇子里零星地散落着十五户人家，此外还有一座电报中继站、一个警察局、一家酒馆，还有两座教堂。循道公会的教堂和神职人员的住所坐落在一个小山丘上，整片山丘都是教堂的土地。教堂前挂着一块黑黄两色的木板，上面写着教堂开放的时间。不久前，木板上新增了一个名字——T. S. 特雷洛尔学士，刚刚接任的牧师。

吉米还没走进牧师住所的大门，便看到他穿着一身便装站在门口，手里拿着一把榔头。这让吉米想起了尼维尔先生在他那座摇摇欲坠的木屋前辛苦忙碌的场景。

牧师身旁站着一个戴帽子的女人。女人捧着许多百合、玫瑰和银莲花，蓝色的上衣十分惹眼。也不知为什么，吉米心里突然涌起一股难以描述的热情。

西里太太。眼前的女人让他想到了丰满的西里太太。很快，这股热情转化成了一阵自卑——他又想到了自己的未婚妻，吉尔达·霍伊，那个身材并不丰腴、满脸惊惶的女孩。

他一直以为，娶个白人老婆能够提高自己在人们心目中的地位，可一想到吉尔达，心里便打起了退堂鼓。如果中途反悔，他的地位不仅不会提高，反而会一落千丈。

想到这里，吉米立刻止住了摇摆不定的念头，生怕继续想下去，自己真的会反悔，更怕会遭到纽比先生的嘲笑。娶个白人老婆，加上自己在雇主中间的口碑又不差，这些都是对他有利的。

女人刚从牧师家里出来，屋里的火炉烤得她满脸红扑扑的，一缕缕白烟正不断从烟囱里冒出来。

"好吧，特雷洛尔先生，我不耽误您了。我把这些花摆到礼拜堂去。"

"您可能没理解我的意思，赫恩太太。"牧师说，"这么多花，还是不要摆在教堂里的好。"

"可我之前经常……住在冈宁的时候……"

"我是觉得，这么多花摆在教堂里，会占用神的空间。不如送给特雷洛尔太太吧，摆在卧房里，她会很开心的。"

"可我是特意摘给……我是说，之前在冈宁的时候，格兰特先生……"

"教堂里的摆设都要符合循道公会的传统，要是随意更改，我的良心会过意不去的。这些都是我的职责嘛，您的好意我心领了，不过……"

女人圆润的脸庞顿时涨得粉红。

"好吧，我就不占你的地方了，既然不能放在教堂里，放在你家里就更不合适了。早知道这样，我何苦离开圣公会，转投循道公会门下，至少圣公会不会这样失礼。"

"我可不是存心冒犯您。"

"别说了，特雷洛尔先生，再见。"

说完，女人一把推开大门，朝着酒馆的方向走去。很显然，她的丈夫和马车都在等着她。女人走的时候连门也没关，吉米趁机悄悄地走了进去。

走近后，吉米终于看清牧师的模样。他年纪不大，嘴唇红润而光滑。恰在此时，屋子里走出一个脸盘方正的年轻女人，牧师顿时变得两眼无神，抿着嘴露出一丝痛苦的神色。

"她走了？"

"嗯。"

"这种下流坏子，你干吗不吼她？平时跟我吼得倒凶，碰上这种事情就认怂！"

"小点声。"牧师说着，两眼怔怔地望着花园里的小径，望着修剪好的玫瑰丛，"亲爱的，这种话可不能说，这样的语气也要不得呢。"

"胆小鬼，娘儿们嘴！"

"拜托，伊妮德，没必要给我起这么无聊的外号。"

这时，特雷洛尔太太看到了吉米。他正局促不安地站在小径旁等着。

"这里不招劈柴工，谢谢！"女人叫道。

"我不是来讨差事的，夫人。我想在这里办婚礼。"

"今天办？"

"星期六，夫人。"

"通常要收一个几尼的费用，你不会不知道吧？"

"伊妮德！"牧师劝道。

"说说又怎么了？既然想结婚，不可能一个子儿都不愿意出吧。"

"那我今天给钱行吗？"

"当然可以。"牧师父耸了耸肩，脸上的难过顿时一扫而光，"当然可以。"

特雷洛尔太太亲眼看着丈夫收了钱又揣进口袋，这才转身朝屋里走去。从背后看，她的肩膀是那样宽阔，透着剽悍。这个女人跟其他人一样，蛮横的态度里充满了憎恶。单纯的吉米无论如何也想不通，为什么这些人这样讨厌自己。

"婚礼的事情，你最好跟我仔细说说。"牧师说道，"你的意中人是谁？我是说，她叫什么名字？如果是保留地的姑娘，必须事先征得当地官员的许可。"

吉米告诉他，女孩是个白人，来自一个羊毛作坊。

"胡扯！"牧师骂了一句，语气里仿佛带着些私人恩怨。白人也是有些宗族观念的，听说白人女孩下嫁给黑人，他们自然会心生憎恶，就连特雷洛尔牧师这样的老好人也难免会有这种偏见。

"布莱克史密斯先生，"牧师说，"布莱克史密斯先生，你有没有考虑过，这桩婚事会带来什么样的后果？我们必须要现实些，你很可能会面临各种毁谤和非议。"

牧师这番彬彬有礼的劝告让吉米大感恼火。他粗鲁地回答说："她怀了孩子，老兄。我的孩子。她想在教堂结婚，按照循道公会的传统。"

听到怀孕两个字，特雷洛尔先生顿时没了话说，只好让吉米跟他进屋去。炉子里只剩下几点火星，牧师添了些木柴，一不小心还把手弄伤了。上过清漆的地面上有些灰尘，长椅上放着黑色的天鹅绒软垫。令吉米惊讶的是，《循道公会时报》上的空缺职位被人用铅笔圈了起来。这里看起来跟尼维尔先生的客厅有几分相似。

"你的未婚妻，或者你本人，能找到婚礼的见证人吗？如果找不到，我可以为你们做见证人。见证人不能是酒徒，你自己也一样。意思就是，不能喝酒，明白吗？或者，我的太太也可以做见证人。"一提到自己的妻子，牧师的语调沉了下去，脸上再次露出了痛苦的神色，"算了，还是找教堂的看门人吧。"

吉米正准备离开时，特雷洛尔太太端着那副气势汹汹的架势出现了，牧师的眼神中透着畏惧。

"刚才忘说了，我的确有些差事给你做。"她对吉米说，"跟我来。"

"劈柴的事情让我来好了，伊妮德。"牧师说道。

"这里没你的事，你别管了。"

满眼凄惶的牧师留在了屋子里，他的妻子领着吉米来到一个柴堆跟前，横七竖八的木柴扔得满地都是，被余晖映上一层青黄，高高地立在吉米面前。

"开始吧。全部都要劈开，摆好。"

"太太，这些木柴少说也有一吨半呢。"

"一共两吨。快劈吧，这可以净化你的灵魂。要是敢停下来，我立刻叫警察。"

说完，女人坐到了楼梯上，两腿像男人一样叉开着，灰色的长袍垂在两腿中间。她无时无刻不监视着吉米。整整劈了四个小时。劈到一半时，吉米的两手已经沾满了汗水，浸得皮肤阵阵发痒，他几次都想停下来吹一吹。令人难以置信的是，在整个过程中，特雷洛尔先生一次都没有出现过，想必是待在屋子里，拿着紫色的铅笔在报纸上画圈。吉米把木柴整齐地摆在仓房的墙边，有些虬曲的木柴很难劈开，女人允许他把这些木柴扔在一边。

随后，女人又准许他在水槽边喝了些水，喝完后，他又小心翼翼地把水杯洗净，以此证明自己是个有教养的人。

吉米心里的恐慌多过气愤，因为他猜不透这女人到底在打什么主意。随后，女人把他打发走，并在他临走前说："现在回家去，每天晚上要做祷告。"她的语气十分郑重，听不出半点讽刺。

吉米保证说自己一定会照办，并在回家后连续祈祷了十三个晚上。

这一天天还没亮，吉米便起了床，牵着纽比先生的马朝吉尔甘德拉赶去。

临行前，纽比一手揽住马脖子，拦住了他："这马只能让你太太骑，吉米。所以，你要一路牵着马，不能骑，因为你不是孕妇。另外，吉米，她们很容易生病，我是说怀孕的女人，毕竟挺着个大肚子，回来的时候不要赶，要慢慢走。"

纽比先生的慷慨之举着实令人感到意外，尽管这份慷慨是精打细算过的。如果两人相处久了，吉米和纽比先生或许会成为朋友。在吉尔甘德拉以东十二英里的这个地方，吉米感受到了这个男人对家庭所表现出的强烈且亲密无间的爱。吉米太过年轻，暂时还没有对这种情感生出羡慕之心。他履行了自己的承诺，一路上只牵着马走，没有骑上去，仿佛生怕马的身上装了测速表一般。迎着冬日里的阳光和扑面而来的干冷，吉米兴高采烈地走着，至少刚刚起程时，心情是愉快的。

大约十点钟，吉米的目光穿过小镇中心，看到了远处的火车站。就在这时，他开始厌恶起那个即将见到的女孩，那个乏味无趣的未婚妻。他连自己该对她说些什么，该用什么词都想象不出，何况还要跟她过上一辈子。

随着一阵刺耳的鸣笛声，火车开进吉尔甘德拉站，渐渐停了下来，附近人家的母鸡被这阵轰鸣声惊得到处乱飞，就连纽比先生的马也吓坏了。没过多久，吉尔达从二等车厢的瞭望台上走了下来，一个老农模样的人帮她把箱子递了下去，喊了一声："祝您好运，布莱克史密斯太太！"

令吉米颇感意外的是，她居然在大庭广众下拉住了他的胳膊——车窗后的老农更是惊讶得竖起了眉毛。难道她真的爱上了他，还是仅仅装出一副恩爱的模样，或是像爱情小说里的那些女孩一样坚信自己得到了爱神的眷顾？

事实是残酷的——或许老农会这样告诉她——爱情小说里的女孩绝对不会跟一个混血种发生关系，更不会在世界南部的某条河边野合。

她叫他"亲爱的"。

正如纽比先生所料，孕妇骑马是很难受的，不论是正着骑还是侧着坐，都不舒服。一开始，吉米生怕弄伤了纽比先生的马，自己扛起了吉尔达的行李，但走了一英里左右，吉尔达换了个姿势，侧身坐在马上，行李便挂在了马鞍的右侧。

女孩看起来是那样青涩，仿佛最多十二三岁。他甚至不敢看她，一想到下午要举办婚礼，晚上要照例行房，他便感到无比荒唐。她侧身坐在马背上，一只脚踩着马镫，不时在空中荡来荡去，两手死死地抓着马鞍，每次觉得快要摔下来时，就会像个老头子一般，鼻子里发出吭哧吭哧的声音。

途中，两人还聊了一阵。

"一路上还好吗？"吉米问道。

"还可以，吉米。就是利斯戈太冷了，我都要冻僵了。"

"大家都说利斯戈冷得要死。"

"你新找的差事做得怎么样了，吉米？"

"还算不错，雇主比之前遇到的那些人都和善。这份差事要做很久，估计要到年末了。"

"那就好。那位牧师怎么样？"

"人还算好，就是老婆很凶。"

"怎么个凶法？"

"无缘无故，她逼我劈了一大堆柴火。"

"这个恶婆娘！"

"准是因为嫉妒吧，她跟牧师过得并不开心。"

两人都笑了起来。自从定亲以来，这还是两人第一次聊天。

婚礼的见证人是特雷洛尔太太和之前提到的看门人。举办婚礼的过程中，牧师的太太一直挑着两根眉毛，似乎对吉米这场循道宗式的婚礼颇为不屑。看门人是循道宗的信徒，是个尖酸刻薄的老家伙，长着两条杂乱的眉毛，一个半岛形状的下巴。不过他倒没有添什么乱子。

婚礼结束后，特雷洛尔太太把吉尔达叫到礼拜堂的门口，两人谈了很久。

牧师站在门口踱着步子，心里想着该如何措辞。

终于，他对吉米说道："怎么样，吉米？今天是个大日子，很重要的日子。我希望你，还有你的太太永远幸福。我敢肯定，纽比一家都是非常善良的人。"

特雷洛尔太太还在喋喋不休地讲着，似乎在劝吉尔达。特雷洛尔先生干咳了几声，一时间有些词穷，只好过早地朝吉米伸出手去。

"是的，"他脸一红，继续重复道，"纽比一家都是非常善良的人。他们经常来做礼拜，如果你愿意来的话，这里也……也欢迎你。"

"我没有像样的衣服呢。"吉米说道,"礼服什么的,我都没有。"

"呃……像你这么能吃苦,很快就会有的。"

特雷洛尔太太仍然死死地抓着吉尔达的胳膊,不断地提着建议,仿佛这样才对得起吉米支付的一个几尼。

"我要进屋了,亲爱的。"牧师愉快地喊了一声,希望妻子能够会意。

十分钟后,吉尔达离开了特雷洛尔太太,回到了丈夫身边,再次骑上了那匹马。

接着,吉尔达和吉米展开了第二次谈话。

"特雷洛尔太太跟你啰嗦什么呢?"

"她说的话,估计没有哪个牧师的老婆说得出来。"

"哪些话?"

"怎样避免生孩子。"

"关她什么事。"

"我也这样觉得,可是又不好明说。"

吉米突然意识到,尽管两人在教堂举办了婚礼,并且在牧师的见证下成为夫妻,然而在面对这群动不动便大肆说教的人时,夫妇两个几乎没有什么话语权。

"她的好些话我都没法跟你讲,都是些……唉,总之不会是从牧师那里学来的。"

"那个可怜鬼,估计是别人教他还差不多。"

眼前是一望无际的草场，草场的主人都是沃伦镇富有的农场主。暗淡的天光将草场涂成一片深绿，这让夫妇俩心里感到一阵凄凉：天就要黑了，可他们还没有到家。

女孩的情绪渐渐低落下去，当她看到那座只有一间卧室，烟囱由破锡皮做成的小木屋时，不由得暗暗地抹起了眼泪。屋里很冷，地上没有地毯或者地板，只有泥土，门口铺着一个麻布袋子，算是脚垫。

夫妇俩躺在了床上，一场旅途已经耗尽了他们的体力，幸好一时间谁都没有心情去亲热。两人突然感到一阵挫败感，不约而同地幻想着能够住进海斯夫妇家和纽比夫妇家那样的房子里，懵懵懂懂地想要模仿他们的思维方式和生活理念。

吉尔达想死的心都有了。几周以来，她一直不停地告诉自己，终于可以住进新房子了。对于她这样一个出身于收容所，只会往海斯夫妇的盘子里盛土豆的女孩来说，这个念头在她的幻想下几乎变成了现实，可如今却住进了一个只有一间卧室的木屋。吉尔达哭了起来……尽管她心里十分清楚，自己能够得到的也只有这些。即便当初吉米问过她的条件和要求，她也答不出什么来，因为她知道，自己没有资格提过多的要求。她能够切身地体会到，自己的权利十分有限。

天色黑了下来。吉米像白人一样向她保证，两个人总有一天会有属于自己的土地，别人会尊称他们为先生和太太。虽然他并不爱这个女孩，却还是想尽一切办法来抚慰她，至于为什么这样做，他自己也不明白，或许是不想受到女孩悲观情绪的影响，因为女孩哭得越厉害，他便会越发绝望。吉米所期待的是，在这个白人女孩消沉时，他这个黑人能够不断地奋进，他希望两个人都能抵受住悲观情绪。

"虽然我是个黑鬼，"他说，"但我会做一个勤奋上进的黑鬼。"

过了一会儿，吉尔达给吉米做了些咸牛肉和土豆，家庭生活的气息让她的心情稍稍平复下来。

第二天，纽比太太——一个身材粗壮、下巴像男人一样凸出的妇人——来到了吉尔达的小屋，让她列出一些生活必需品。星期五那天，纽比太太会坐着马车去镇里，顺便给吉尔达捎带些她想买的东西。

随后，她又问了问吉尔达的身体状况：脚踝有没有肿胀，血管有没有扩张，等等。她一边问，一边用手捻着下巴上的一撮毛——那撮毛恰好长在一颗黑痣上。接着她又根据自己丰富的"生产"经验提了不少建议。

"要是他敢打你或者伤害你，"纽比太太说道，"你只管来找我。"

"他不会做这种事的。"

"还有，你可以在我那里生孩子，我们种了好多亚麻，布匹织品根本不缺。"

孩子还没生下来，纽比太太便这样热心，吉尔达的心里着实感激。这样一来，即便孩子出生后，长相明显像别人（这种可能性极小，但并非不存在），吉米也不敢太过造次，只能默默忍受，毕竟她待在纽比家，而纽比夫妇可不是那么好对付的。

她知道，吉米很容易妥协，况且眼下他还处在摸索适应阶段，对自己体贴备至。然而吉尔达弄不明白，吉米的体贴是源自对她的爱还是出于对她的同情。如果对待心爱的女人，他应该不会这样客气，这样绅士。

天气越来越冷，吉米却工作得越来越起劲。吉尔达每天会沿着牧场边界的篱笆走上山，给他送午饭，叫他亲爱的，以此彰显身为一名妻子的职责。然而吉米却希望两人能够尽快度过婚姻中忸怩作态的这个阶段。

每个星期五，吉尔达会把要买的东西在脑子里过一遍，然后工整地写出一张清单，交给纽比太太。星期六去纽比太太那里取东西时，她会趁机到对方家里开开眼界，看看纽比太太是如何做母亲的。的确，纽比太太始终保持着伟大母亲的光辉形象——尽管在聊天聊得起劲时，她会不时放几个屁，或是打几个饱嗝。

纽比家中的典范人物要数佩特拉·格拉芙小姐，她是沃伦镇的一名女教师，暂时租住着纽比家的房子。陪在她身边的，是纽比夫妇的几个女儿。几个女孩全都生得五大三粗，动不动便在这位典范人物面前表达各自的观点，仿佛在进行自我展示。格拉芙小姐与她们不同，尽管她也出身农家，吃上一磅牛排也不嫌饱，但她却懂得披上一层优雅的伪装，装出一副知书达理的样子。

纽比家的厨房里时常传出四个女孩叽叽喳喳的笑声，特别是在星期六上午，这声音会特别响亮。格拉芙小姐周末在家休息，家里还有个四岁的小女儿和一个十一岁的儿子。

纽比先生和两个已经成年的儿子整日在外辛苦劳作，很少出现在家里。星期六，兄弟俩会去打橄榄球——在吉尔甘德拉，除了打橄榄球，他们找不到任何展示男子气概的方式。吉尔达不安地发现，纽比的家里总是弥漫着一股清苦的气息，凸显着一种女子的阴柔气质。比如，纽比太太虽然粗犷尖刻，身上却洋溢着母亲的温暖；格拉芙小姐隐隐一派淑女风范，气质秉性都比纽比家的几个女儿更细腻。不久前，格拉芙小姐跟格拉根邦的一个占地者的儿子定了亲。格拉芙的祖父母都住在格拉根邦，两位老人都已年过九十，对任何事情都不闻不问。

与佩特拉·格拉芙一样，纽比家的女人都低调地处理吉尔达的事，她们甚至会抱着惩罚的心态，把她带到教堂去，把《赞美诗集》硬生生塞到她手里。

吉米和纽比先生之间的交流还是一如既往地坦率。

"你打算怎么养活你的黑崽子，吉米？"

"他可不会是黑崽子，老板。他有四分之三的白人血统呢。"

"啊哈！然后他的孩子就只有八分之一的黑人血统，孙子只有十六分之一。可问题是，不管过多少代，他们身上始终没有白人骨子里的东西。就算只有一丁点黑人的骨血，也足够毁了他们。"

纽比先生的说法让人没脾气。他的话仿佛在暗示，吉米得了一种表面上看不出来却无药可治的疾病，触碰了社会的禁忌。

然而吉米并不在乎，只是一味地埋头苦干，截至眼下，纽比先生已经欠下他十五英镑的酬劳。有时候，纽比先生会有意无意地走过来骂他几句，希望吉米会一气之下离开，连工钱都不要了——这是农夫们惯用的招数，但用在吉米身上却屡屡失灵。就连纽比先生也不得不暗暗佩服，骂他是奸猾的黑鬼。偶尔，忙碌的吉米也会抬起头，透过眉眼上的汗水看到纽比的两个儿子骑在马上，他们的身影是那样高大，那样威风凛凛。每当这个时候，吉米心里就会闪过一个念头——不能永远做个任劳任怨的黑鬼。

　　吉尔达的产期临近，纽比太太带着几个女儿和格拉芙小姐把她接到了自己家里，无比热心地安排起分娩的准备工作。为了消除吉尔达的恐惧，她们宽慰她说，分娩的疼痛会让她更爱自己的孩子。听到吉尔达撕心裂肺的叫喊，几个女孩全都皱起了眉头，认为眼下的痛苦都是吉尔达自作自受。

　　生产过程十分顺利，纽比家的女孩们趁机学到了不少经验。产后的几个小时内，吉米被拦在门外，没有看到孩子，只好一直蹲在柴堆旁等候着。纽比家的男人们劳作归来，相继下马进了屋子，厨房里顿时响起一阵阵沉重的靴子声，接着便有人来到门口，朝外面喊道：

　　"恭喜你啊，吉米！孩子是纯正的白人血统呢。"

　　过了一会儿，屋子里亮起了灯光，纽比太太走出来对吉米说："你可以进来看看孩子，不过，你可不能乱来，知道吗，吉米？"

　　"当然不会，太太。我又不是野蛮人。"

　　"那就好，进来吧。"

两人穿过厨房——那间厨房像循道公会的祈祷室一般宽敞——然后走进了客厅。屋子里已经生起了一堆火,在火光的映照下,绿色的天鹅绒沙发闪耀着温馨的光泽——这是纽比家最好的家具。格拉芙小姐站在火炉前,手里抱着一个婴儿,但吉尔达并不在屋子里。

"布莱克史密斯先生,"格拉芙小姐开口道,"过来看看吧,这就是你太太生的孩子。"

孩子身上裹着一张毯子,瘦巴巴的小脑袋被毯子的一角遮住,看起来像一顶尖尖的风帽。这时,格拉芙小姐揭开毯子,里面露出一张不断扭动着的小脸,圆嘟嘟的脸庞上写满了抱怨。吉米看了看孩子的长相。

不是他的孩子。

虽然说不出为什么,但吉米知道,自己的孩子一定不是这般长相,尽管他很希望自己能够生出这样长相的孩子来。在父爱的驱使下,他还是把手伸了过去——多么残忍的事实,他差点就可以成为一名父亲了。

细看之下,吉米立刻认出了孩子真正的父亲是谁。是那个自命不凡的厨子。的确,他这种人怎么会娶吉尔达呢!他的心思都放在什么费边主义上,而吉尔达这种笨手笨脚的女孩只会妨碍他。

"你觉得如何,布莱克史密斯先生?"纽比太太意味深长地问道。

"好吧,你们尽管笑我好了。这不是我的孩子。"

"这怎么可能!"格拉芙小姐说道,"没错,看起来的确……

哎，我觉得，今晚你还是不要见你的太太。”

“不得不说，”纽比太太说着，微微欠了欠身，手指不停地捻着下巴上的那撮毛，“做出这种事来，的确让人不齿。我也很同情你，布莱克史密斯先生。”

吉米站在那里，搜肠刮肚般地回忆着宗教经典上的语句，想在这尴尬时刻引用几句，通过言语遮掩几番，把孩子说成是自己的。他很确定，眼前的尴尬只需几句话就能补救，毕竟人与人的交配具有一定的随机性。

的确，交配具有随机性，但生出的孩子却不随机，一看就是厨子的长相。此刻，吉米唯一能做的，就是在心里苦苦哀求，祈求神灵让一切都回到起点，回到最初，让格拉芙小姐手中的孩子变成自己的孩子。

格拉芙小姐开口了。她那浅褐色的头发已经盘了起来，雪白的脖颈被火光镀上一层大理石的颜色。

“你会对她动怒吗，布莱克史密斯先生？”

吉米哼了一声。他知道，自己虽然鄙视吉尔达，却绝对不会碰她一根手指。

“我可以把他当自己的儿子，我有这个权利。”

“没错。不过我想让你保证，不能因为这事打她。”

吉米似乎被这个雕塑般坚定的女人施了魔法，接连点了三下头。女人随后说道：“你现在别打扰她和孩子了。我们安排了更适合的人照顾她和孩子。”

吉米没有说话，全身的血液似乎都沸腾起来。格拉芙小姐一动也没动，显然是众人指派她作为代表，逼着吉米离开他的两位亲人。

"去你妈的，该死的婊子。"吉米在心里暗暗骂道。

回家的途中，他碰到了纽比家的两个儿子，两人学了几声鸟叫，问他有没有在附近看到杜鹃。吉米并不明白这番话的含意是什么。

事后，吉尔达曾几次三番对他说，她十分肯定，孩子就是他的，至于孩子生得一张厨子般的长脸，她也觉得很吃惊。

纽比夫妇的家里充满了欢笑，走廊里时时传出纽比先生的笑声。他反复地提到，没想到吉米这桩婚事这么快就搞砸了。

吉尔达明白，吉米失去了做父亲的机会，难保不会记恨报复，她的灵魂本就十分脆弱，若想把这场婚姻继续下去，她就必须有个孩子。他的孩子，而不是厨子的孩子。

"很多人都会耍这种花招。"纽比先生对吉米说，"她们总会说'娶我吧，我怀孕了'，可有些时候，她们根本没怀孕，即便怀了，也是别人的孩子。做丈夫的一辈子都要疑神疑鬼。不过你倒用不着怀疑，因为这孩子身上没有半点土著的血统，看起来就像最高法院的法官呢。"

第七章

五天后，杰克·斯摩多带着吉米割礼时被敲掉的那颗牙齿赶到了。跟他一起来的，还有笑嘻嘻的莫顿和一个名叫皮特的男孩。皮特是他们的亲戚。三人迈着悠闲的步子，沿着沃伦镇的道路一直来到山上。当时吉米正在干活，突如其来的造访让他有些吃惊。

望着吉米讶异的表情，杰克开始高声哼起了小调。那是一首神秘的巫曲，旋律回环往复。莫顿乐得手舞足蹈，看起来像一只长颈野兽，仿佛想把脖子伸到天上去，看看那里有没有哥哥或是敌人的踪影。

"来讨酒喝的？"吉米问道。

"我们可不是来喝酒的。"

望着杰克脸上一道道深深的皱纹，吉米忍不住有些愧疚，心里反倒有些希望三个人是来找麻烦的。

杰克从左侧衣兜里——那个更干净些、没有遭到金钱污染的衣兜——掏出了那颗白色的牙齿，两手捧着递给了吉米。

"你娶了个白人老婆，这颗牙齿会保佑你的。"

"会保佑我的，是吗？"

吉米朝着杰克的双手猛力一推，那颗具有训诫性和防御性的牙齿顿时飞进了深深的草丛中。一时间，所有人都安静下来，十四岁的皮特更是吓得不轻。莫顿拍了拍皮特的肩膀，两人立刻在草丛里寻找起来。

这几个混蛋居然煞有介事地带着一颗牙齿来找他，在吉米看来，这简直太过荒唐。

不过莫顿还是找到了那颗牙齿，并用手举了起来，他和皮特跪在草地上，脸上绽满了笑容。吉米突然觉得惭愧无比，一种与生俱来的宿命感袭上心头。当初之所以违心地待在维罗纳，就是因为无法摆脱这种宿命感。

吉米明白，杰克一时半会儿是不会走的，而且很可能会拼起老命喝酒。纽比先生的来访会变得更加频繁，他的暗示也会变得更加直白。

然而即便这里没有酒喝，不需要考虑纽比先生的态度，那颗牙齿还是会被人带过来。根据部族的传统，睡了白女人就会遭遇不测，而这颗牙齿则能保佑他免遭灾祸。

吉米接过那颗他十三岁时被石头敲掉的牙齿，装进了口袋。

"好吧，真是麻烦你们了，从大老远跑过来，一定很辛苦。"

这时，杰克开始念唱般地历数途中穿过的"吉祥地"和"凶险地"，表示这一切都是为了找到急需帮助的族人。这些话可谓张口就来，因为部族的传说和神话早就深深地刻在这个醉鬼的脑海里。杰克仿佛认准了这里有酒喝，想要三言两语打发他走是不大可能的。

就这样，杰克、莫顿和皮特动手在布莱克史密斯夫妇的小屋旁盖了两间小棚子，莫顿干得格外起劲。吉尔达既要遮掩孩子的来历，又要想办法安抚吉米，根本来不及反对。

舅舅和皮特整日待在身边，莫顿又咯咯笑个不停，吉米出于面子考虑，始终没有提到厨子的事情。事实上，即便他说出来，几个人也不会觉得这是多么大不了的事情。

令吉米颇感意外的是，自己居然对几位亲属怀有一种愧疚感，因为他们带来的那颗牙齿恰恰是部族亲缘关系最有力的象征。

"你去告诉杰克，让他滚回布伦特伍德去。"吉米自己不愿去说，只好命令莫顿代劳。

为了发泄内心的愤懑，他先后几次对吉尔达动粗，第一次动手是因为他发现了一条从报纸上剪下来的广告——一台特温-武尔坎灶的广告。这种想要却买不起，有心却无力的窘况分明是对他的嘲笑，嘲笑他的梦想已经化作泡影。想到这里，他的拳头朝着她太阳穴下方的凹陷处飞了过去。吉尔达不明白为什么挨打，以为只是夫妇间寻常的吵架和拌嘴。

事后，吉米会低着头，怔怔地望着孩子出神，吉尔达则乖乖地站在原地不敢动，但心里却早已做好保护孩子的准备。他会一直站在那里，满眼渴慕地盯着孩子，可孩子刚一睁眼，他又忙不迭地走开了。

"养了也白养，养出个自以为是的白崽子，长大了根本不认我。"

吉尔达本来就身单体薄，生了孩子后身体更加虚弱，脚跟越来越瘦，袜子上经常破洞——并不是穿久磨破的，而是被"戳"破的洞——害得她时常要缝缝补补。

除了孩子，家里没人跟她亲近，尽管皮特总是睁着一对大眼睛，毫不嫌弃地坐在摇篮边上，望着鼻头微微下弯的白皮肤的孩子。

对于杰克·斯摩多，吉尔达总是又怕又恨。她并不知道，杰克的心肠不坏，只是年纪大了，而且醉醺醺的脑子里刻满了古老的规矩和教条。

在纽比家那群五大三粗、以德行自诩的女人看来，吉尔达已经堕落到无以复加的地步，她们认为她企图通过与黑人结婚来掩盖与白人通奸的事实。格拉芙小姐劝她说，许多收容所专门接纳遭遇不幸的妇女，没有必要守着个黑人不放。

很显然，格拉芙小姐轻而易举地便作出了这样的假设：到了收容所便可以免遭极度的凌辱，因为慈善机构的意义就在于此。

她把这种臆想出来的观点灌输给了纽比夫妇的几个女儿。每逢星期五在吉尔甘德拉购物时，纽比太太总会说："格拉芙小姐真是有学问，她住在咱们家，真是几个女儿的福气。"

吉米每天早上都盼着杰克离开，甚至还想过趁他熟睡时，在他的铺盖上放些晦气的物什，比如猴头鹰的尸体、奇怪的石头或是沾了血的破布——这会让杰克误以为是女人的月水，会带来致命的晦气。然而吉米并没有把这些想法付诸实施，总是一天天地向后拖着，这些都是万不得已的手段，其效果无异于抄起木棍，将杰克赶出家门。

屋里的孩子非但不是他的亲骨肉，反而是这段荒唐的婚姻留下的笑柄，相比之下，杰克可是自己的亲舅舅，如果执意要把他赶走，多少有些说不过去。

一个是神神道道的酒鬼舅舅，一个是谎话连篇的老婆，还有一个是别人的儿子，全都住在自己家里。无奈之下，吉米只能通过干活让自己变得麻木，工作是最好的镇静剂。

莫顿也帮着吉米干活，并且执意不要一分报酬。

莫顿显然成熟了不少，只是偶尔看到纽比先生瞪着眼，吮着石头时，看到他那铁锹状的大胡子时，仍然忍不住会发笑。有一天，他的手指不小心被铁锤砸了一下，疼得他嗷嗷笑起来，一直笑到不疼为止。

兄弟俩虽然一起干活，但收入却没有翻倍。多数时间里，吉米都处于一种狂暴而愤恨的状态，常常独自躲在一旁，仿佛周围都是些对不住他的陌生人，他要在这群人中间寻求属于自己的空间一般。每天晚上，吉米都会出去捉袋貂，一去就是大半个晚上，以此来嘲讽好吃懒做的杰克。如此一来，杰克和瘦弱的吉尔达经常能吃到细腻松软的袋貂肉（不过吉尔达已经吃得想吐了）。

不知不觉中，夜间狩猎已不单单是为了招待客人，而是为了发泄他对上帝、对纽比夫妇、对整个部族的愤恨。他要报复，一个个地报复，只有在得到自己想要的"公正"后，他才会罢手，老老实实地认罪。在此之前，他要尽情地发泄心中的愤懑与狂怒。

到了晚上，他会在床上尽情地蹂躏吉尔达，想通过这种方式让她尽快怀上自己的骨肉。不料某天晚上，吉尔达突然来了月水，气得吉米掉头就走。女人的月水极为晦气，他本想以此赶走杰克，他甚至曾自鸣得意地认为，杰克一定会在慌乱之下逃之夭夭，没想到逃之夭夭的却是自己。吉米爬进木棚，躺在了莫顿身旁，兀自气得发抖，心里不住地诅咒着上帝。

星期五一早，吉尔达·布莱克史密斯太太冒着冷风来到了纽比家里，打算把购物的清单交给纽比太太。这一次，她没有带着孩子过去。

阳光自屋顶斜斜洒落下来，吉尔达走到门口，看到纽比先生正坐在铺着软垫的椅子上打瞌睡。他穿着粗花呢套装，领口打着蝴蝶领结，显然已做好去镇上购物的准备。

坐在纽比先生身旁的是他的两个儿子。两人都换上了体面的衣服，大衣全都敞开着，里面的马甲勾勒出两人精瘦的身材，其中的一个儿子还戴着顶软毡帽，帽檐遮住了两只眼睛。昨天晚上，父子三人整整熬了一个通宵，忙着在一英里外的老屋（如今变成了谷仓）里装麦子。星期五晚上，他们仍然打算通宵劳作。

吉尔达静静地站在门口，突然想起几天前发生的那件事来。当时纽比先生骑着马，正要把牛群赶到新开的农场，途中碰巧遇到了吉尔达和她的孩子。平日里，吉尔达总是尽可能地避开他，不想纽比先生却迎了上来。他翻身下马，解开了裤带，掏出了他那软塌塌的、鼻涕虫样的家伙。

"布莱克史密斯太太，你要是看到哪个黑鬼的家伙比我的还大，记着告诉我一声。"

十秒钟后，他系上裤带，再次骑到了马背上。

他的狗叫了几声，满脸哀怨的老牛继续向前走去。

经历了上次的遭遇后，吉尔达打算趁着纽比先生还没醒，悄悄地溜进去。

可她刚一踏上门廊的台阶，纽比先生就醒了过来："早上好，布莱克史密斯太太。我可以为你做点什么？"

"我只是来送购物清单。"

纽比先生满眼同情地盯着她看了看——吉尔达穿着件破旧的绿色长袍，长满雀斑的脸上挂着几颗汗珠。

"真是抱歉。"他说道，"我跟你先生说过，以后不能再替你们捎东西了。他把这地方变成黑鬼聚居区，而且还不知道下周他能不能好好干活呢，我可不想让他搭了一半篱笆就跑掉。我跟他说得很清楚，布莱克史密斯太太。问题的关键，在于你的先生。"

纽比先生懒洋洋地说着，口气却十分坚决。吉尔达转身就想离开。

至少孩子还有奶吃，她心想。"打扰您了，纽比先生。"说完，她走下了台阶。

"别急，看你累的。去厨房里喝杯茶再走吧。厨房里没人，我在这里等她们娘儿几个。不过，你最好敲敲门，格拉芙小姐在屋里，她得了流感，没去上班。"

当他说到格拉芙小姐和流感时，纽比的一个儿子忍不住咻的一声笑了出来，两只眼睛仍然闭着，一直没有睁开。

格拉芙小姐果然在厨房里。她穿着件法兰绒睡袍，睡袍的领子竖了起来，紧紧地护着脖子，呼吸的时候能够听到痰液的声音，她时而拿起一块小手帕在鼻子尖上抹几下。吉尔达不由自主地盯着她看了看。患了如此严重的流感，无论如何做作，也无法保持她平日里的淑女形象。

"可是那小子刚才又笑什么呢？"吉尔达心想。

"进来吧，布莱克史密斯太太。"

"纽比先生让我进来喝杯茶。"

"请自便。能否帮我也泡一杯？茶叶就在壁炉架上。"

"好的，小姐。"吉尔达忙不迭地跑去泡茶，生怕这位女教师又喋喋不休地对自己评头论足。

"孩子还好吧？"

"挺好的，格拉芙小姐。"

"你把他丢家里了？"

"是的，格拉芙小姐。有皮特陪着呢。"

"皮特？"

"是个半大小子，格拉芙小姐。"

"那个黑小子？"

"是的。"

"既然这样，我还是不耽误你时间了。"

"好的，格拉芙小姐。"

这时，吉尔达瞥见格拉芙小姐的脖子上挂着一串念珠，念珠的下半部分隐藏在衣襟里。在收容所的时候，她曾听特遣牧师说过，天主教徒愚钝，灵魂不洁，很容易受到巫术的蛊惑，是一群苟活在人类文明边缘地带的可怜鬼。真是太不公平了。格拉芙小姐这样一位天主教徒，居然成了众人瞩目的焦点，肆意对他人进行道德批判。

据说她教学的方法十分严苛，但沃伦镇的农夫们却从未质疑过。

一分钟后，纽比太太从里屋走进了厨房。她穿着件褐色的天鹅绒睡袍，一对笨重的乳房在袍襟里若隐若现。

“布莱克史密斯太太！我还以为你这周不会来呢。”纽比太太说道，“我听纽比说，以后不能再帮你们捎带东西了。”

“吉米一定是忘了告诉我，纽比太太。”

“布莱克史密斯太太给咱们泡了茶呢。您要不要拿一杯回屋去喝？”格拉芙小姐问道。

“没工夫喝茶了，亲爱的。对了，你的孩子还好吗，布莱克史密斯太太？”

“很好，谢谢。”

纽比太太盯着吉尔达的头发看了看——脑后的头发已经被梳上去，草草地盘了一个髻——不过她的眼神里并没有表露明显的同情。

“头发盘得挺好看的，亲爱的。”

“谢谢您，纽比太太。”

“她把孩子丢给那个男孩了。”听到纽比太太夸赞吉尔达，格拉芙小姐说道。

"哪个男孩？"

"是皮特，他是个土著。"吉尔达解释道，"孩子现在太沉了，我抱不动了。"

纽比太太穿着沉重的高帮靴向前迈了一步："那小子靠谱吗？"

"他人很好的。"吉尔达辩解道。

"孩子虽然是你的，布莱克史密斯太太，可是白人的孩子不该在黑人身边长大。"

"皮特很喜欢孩子，他很和善呢。"

"我明年就结婚了，你听说了吗？"格拉芙小姐突然问道。

吉尔达以为她只是单纯地跟自己拉些家常，于是只淡淡地说了句"恭喜你，小姐"。

"其实我想说的是，我们——我和我的未婚夫——都想聘你到瓦拉巴达农场去做工，农场是我未婚夫的。"

"这是个好机会呢！"纽比太太悄声道，"如果再不离开那些黑人，你的孩子就毁了。"

这时候，纽比一家的宝贝女儿——那个四岁的小女孩——走了进来，两只绿色的眼睛打量着悄声讲话的妈妈。"我的孩子可不像你的孩子一样有保障。"吉尔达心想。

"你会有自己的房间住，布莱克史密斯太太，你随时都可以陪在孩子身边。"

吉尔达并不傻。她十分清楚，像格拉芙小姐这样的雇主绝不会容忍她很久，但凡发现汤冷了，炖锅烧干了，陪嫁的银器没有擦干净，或是骨瓷出现了裂纹，等等，她一定会把自己和孩子送到收容所去，并且装出一副无比遗憾的样子。

纽比家的另外两个女儿也走了进来，两人都穿着天鹅绒的外套。吉尔达只好再次就孩子的去向作了一番解释——留给了那个土著男孩照看。

"《悉尼邮报》上说，昆士兰的黑人不仅相互残杀，杀了以后还要吃肉呢。"纽比太太的一个女儿说道。

然而吉尔达脑海中浮现出的，却是另外一幅场景：男孩皮特守在孩子的摇篮边，静静地沉思着，不时用手逗弄着孩子，听着孩子发出咯咯的笑声。

"我跟吉米的婚事是经过牧师见证的。"她反驳道。

"他们可算不上基督徒。再说问题并不在于信循道宗，而在于在大英帝国，可不是每个传教士都把黑人变成基督徒。你想想看，有哪个黑人做过主教吗？"纽比太太很确定，这世上没有黑人主教，如果有，《悉尼邮报》早就报道了，"又有哪个黑人做过牧师？"

"我记得的确是有过几个黑人牧师，"格拉芙小姐说道，"本笃会任命的。"

"后来呢？"纽比一家人齐声问道。

"结果全都跑了，连人影都找不到了。"

"格拉芙小姐这是以基督徒的名义聘请你呢。"纽比太太说道。

"谢谢你，格拉芙小姐。"

"一句谢谢就够了吗？说实话，咱们大家都替你丢尽了脸呢。这话本不想说的，都是给你逼的。"

几个女人满脸期待地望着她，盼着她能够下定决心，仿佛这份决心是她亏欠众人已久的。为什么要逼她做决定？这些五大三粗的女人为何非要装出一副不堪其辱的嘴脸？为什么要孤立她，奚落她？因为她谦卑。因为在她们看来，但凡有所施舍，她都会忙不迭地接受。

这时，吉尔达的脑海里灵光一闪，嘴里不自觉地发出了一阵干涩的笑声——纽比先生那个哧哧发笑的儿子一定是和格拉芙小姐做了见不得人的事情。可是他们两个为什么没有遭到围攻，没有遭到谴责？

火炉上的茶壶发出了阵阵嘶鸣，但众人谁都没有理会。纽比的大女儿居然当着大家的面，无缘无故地发起誓来，说她绝对不会嫁给一个黑人。

"你啊，真是不让人省心。"纽比太太终于失去耐心，咆哮起来，"一定要离那些黑鬼远远的。"

"算我求你了，"格拉芙小姐说着，抽了抽鼻子，"总有一天你会理解我的良苦用心的。"

听到这独裁而专横的语气，吉尔达仿佛回到了收容所，回到那段在院子里剥豆子的日子。往日的回忆纷至沓来，吉尔达突然扯开喉咙，嘶声叫了起来。四个女人和一个孩子全都冷冷地瞪着她，用眼神谴责着她的罪孽。

"给我闭嘴！"被吵醒的纽比先生坐在门廊里怒喝起来。

吉尔达不明白自己为什么会有这种感觉——如果提起纽比先生那天的可耻行径，最终受辱的还是自己，不会是别人。她无论如何也想不通，为何在这道德的集市上居然没有自己的立足之地。

当她冲出屋子时，纽比先生在身后喊道："要不要我们送你一程，布莱克史密斯太太？"

他的两个儿子也不怀好意地大笑起来，仿佛知道父亲对她做过些什么。

吉尔达拼命地跑着，直到纽比家的房子消失在身后的树林里。

第八章

眼下，布莱克史密斯家的食品储藏室里只剩下几磅面粉、不到一磅咸牛肉、一只剥了皮的袋貂和少得可怜的大米。除此之外，如果说还剩下什么，就只有杰克带回来的那瓶波尔图葡萄酒。那是他星期五早上从沃伦镇的酒馆里带回来的。后来又带回来一瓶，不过已经被杰克和莫顿喝光了。

吉米傍晚回到家，发现孩子正在哭闹，吉尔达坐在床垫上，两条腿有气无力地垂在床边，像个被人丢弃的布娃娃。她瑟缩在岩洞般冰冷的角落里，愁容不展，满脸泪痕。

她对吉米讲了格拉芙小姐的提议，并且说纽比夫妇今后不再为他们捎带食品。吉米知道，纽比是想通过这种方式把他赶走，或是想按照格拉芙小姐的想法，给这对本就不甚相配的夫妇找些麻烦，最终拆散他们。

吉米的第一反应就是去找杰克——或许这不仅仅是因为当时莫顿已经睡着了，还因为愤怒激发了吉米的部族本性，本能地把舅舅放在了首位，去找他寻求建议。当然，个中原因如何，吉米也不明白。

　　无论从哪个角度考虑，带着杰克去找纽比先生理论，都不能算是理智的做法。因为纽比不肯给吉米捎带粮食，理由正是杰克还赖在这里不走。然而，部族的本性令吉米想向纽比夫妇证明，杰克只不过是个糟老头子，不会给任何人造成威胁。

　　总之，他还是带着杰克去了。为此，老头子似乎有些受宠若惊。出发前，吉米带上了那杆恩菲尔德步枪，尽管他并不打算用步枪来说服纽比夫妇，而是想在半夜里顺便捉几只袋貂或是沙袋鼠回去，但若是纽比夫妇顽固不化，他或许会弄死他们的一头牛，带回家去吃。他恨恨地咆哮着说，要通过报复行动来说服纽比夫妇，甚至扬言要让火车脱轨。由此可见，最极端的复仇也不过是让火车脱轨而已。

　　杰克打算用巫术报仇。据他说，如果吉米把自己的牙齿埋在牲畜或是纽比一家人的脚印里，不论是人是畜，从今以后便再也无法行走。

　　"净扯淡。"吉米骂了一句，两眼远远地望着纽比家厨房里透出的灯光。他已经等不及老头子的巫术发挥作用，等不及纽比的恶报来临的那天。今晚就要让他们得到报应。

　　纽比太太开门的时候，手里歪歪斜斜地端着一杆步枪。或许是因为儿时的成长环境比沃伦镇更加恶劣，或许是因为她在查特斯堡附近长大，那个命案频发的地区让她养成了警觉的习惯，开门时总要端着步枪，然而不论是哪种情况，纽比太太手里的枪不过是用来装样子而已。尽管她看到吉米也带着杆枪，但还是把自己的武器放在了门口的角落里。

她脚上穿着拖鞋，身上穿着件宽松的睡袍，脸上挂着一副绝不会被轻易吓倒的神情。

"出来捉袋貂吗，布莱克史密斯先生？"纽比太太问道。

"我能见见纽比先生吗，太太？我想跟他谈谈捎带食物的事情。"

然而纽比太太却告诉他，纽比先生到老屋装麦子去了，直到装完才回来，因为两个儿子第二天要去吉尔甘德拉打橄榄球。

吉米跟她辩解了几句。纽比太太说，她的丈夫又不是专门做慈善的。

两人正争辩着，吉米突然瞥见了屋里的格拉芙小姐，发现她长得是那样丰腴，心里不禁暗暗纳闷起来：自己为什么就得不到这样的女孩？黑人聚居区的女孩要么瘦骨嶙峋，要么胖得可憎。当然，在争论的时候想起这些，的确有些不合适。

"……我敢肯定，"纽比太太说道，"要是你活干得好，再甩开那些亲戚，我的丈夫一定愿意……"

"可他还没给我工钱呢，太太。九百码的篱笆钱。"

"很抱歉，我更情愿相信我先生的话。"

纽比太太正要关门时，吉米看到了正在一旁偷听的格拉芙小姐。她用一方手帕捂着鼻子，生怕咳出声来，那神情就像是一个阴谋家正在贪婪地听着自己想要听到的信息。

房门很快关闭，杰克和吉米站在黑暗中，心里涌起一阵被人愚弄的感觉。

"回去吧，明早再来找那个老家伙算账。"杰克建议道。

然而吉米却坚持要给纽比点颜色看看，这是他的权利。今晚必须让纽比知道他的厉害。一想到从前，想到西里、刘易斯、法维尔、纽比，还有羊毛作坊的厨子等人给他带来的伤害，吉米无论如何也等不到第二天早上，他有权表达自己的愤怒。

两人穿过纽比家的畜群时，吉米还没有想好究竟要不要把他的牛偷走。杰克开始抱怨起来，说自己患了风湿病，不能走太远。他并没有吉米那样崇高的情怀，觉得没有必要再去找纽比理论。

纽比家的老屋里亮着灯，空洞洞的窗口透出一缕缕防风灯的光线，即便是隔着五十码的距离，吉米还是能清楚地看到纽比的一个儿子在干活，身上穿着件缎面旧背心。屋里传出一阵阵铁锹摩擦的声音。对纽比一家而言，辛苦劳作就像一门艺术，而且他们十分精通这种艺术。从麦凯到阿德莱德，从伊登到蒂布巴拉，生活在各个区域的人无不如此。辛苦劳作是澳大利亚的国民美德。

吉米出现在门口时，纽比先生抬头看了一眼，眼神里露出一丝惊惶，但很快便掩饰过去，只装作看到了一堆垃圾。

"该死的，你来这儿干吗？"

纽比的一个儿子打了个哈欠，伸了伸懒腰，攥了攥拳头，漫不经心地瞥了吉米一眼，再次提起了铁锹。

"你明知道我已经没有东西吃了。你明明是知道的。"

"我没法继续帮你捎带东西了。你看你的活干成了什么样子。"

"不是捎带。这些东西都是凭我干活赚来的。"

"自从他们来到这儿，你干活的时候就不像从前那么上心了。你好像随时准备走人。如果你中途走了，我还要重新找人，所有的花销和不便都要由我来承担。"

"我已经修了九百码。"

"吉米，用不着你大老远跑来教训我。"

"我只是想说，我的老婆孩子已经断粮了。"吉米说。

"对她来说，找个稳定的活计不是什么难事。格拉芙小姐就给她提了个很好的建议。"

"什么建议？"

"你最好回去问布莱克史密斯太太。"

"用不着那个该死的肥婆提建议。"

纽比的两个儿子眯起了眼睛，看了看吉米，又看了看父亲，仿佛无法忍受吉米肆意污蔑他们家的房客。

"该死的黑鬼，你给我听着，"纽比说道，"别用这种口气跟我说话，否则我他娘的……"

话还没说完，吉米的枪口已经抵在了纽比的肚子上。但很快，纽比露出了一副得意扬扬的神色，似乎巴不得吉米开枪。原来，他早就在家里和吉尔甘德拉跟人打过赌，认为吉米最终一定会露出凶残的土著本性。

不过吉米的头脑还算清醒，始终没有开枪。

过了一会儿，他把枪口从纽比的肚子上移开。

"这才像话，该死的黑鬼。先滚回家去睡觉，这事明早再说。"

"好，这笔账回头再算。"

"有一点可以肯定，你，还有你该死的族人，马上就要收拾铺盖卷滚蛋了。"

确定妻女平安无事后，纽比立刻关了门，把杰克和吉米赶到了外面。

吉米此刻已经明白，他要找的并不是纽比先生。虽然有满腔怒火需要发泄，但杀了纽比并不是泄愤的最好方法。枪口抵住纽比肚子的一瞬间，他突然明白了最想杀的是谁。是那个丰腴圆润的格拉芙小姐。他知道，这种嗜血的欲望是先前的种种过失累积而成的——比如，他曾亲手把哈利·爱德华兹交给高级警官法维尔。这一次，他要用武力去威慑那个女老师，要吓得她哀嚎悲泣。

在我们生活的世界里，促使一个人转变成杀手的种种幻想大多来自报纸或其他媒体，在此不必赘述，然而促使吉米转变的，却是一种如醉如狂的、判官般的威严感，天空中犀利的星光更是唤起了他心中的使命感。在迷乱与冲动之中，他感受到了自己的高大与伟岸，仿佛再次回到了蜥蜴的肚子里，获得了重生。

杰克的方向感被吉米搅乱了，听说又要返回纽比家现在住的宅子时，他忍不住叫起苦来。

"你不会又要回去见那个老婆子吧？"杰克抱怨道。

"我要回去吓一吓那些白人。"

"老天爷啊！"杰克发出一声哀嚎。然而想到如此几番折腾，他又忍不住轻声笑了起来。疲惫无聊之际，他随口唱起了调子来解闷。

男人纷纷逃过河，

眼神里闪着怯懦；

女人纷纷放弃抵抗。

我们天明已经跨过你们的山冈，

中午就要踩到你们的脚踵，

傍晚就要刺穿你们的喉咙。

你我近在咫尺，

近过孩子挨着母亲的乳房。

　　这一次，两人避开厨房的灯光，躲在一堆木柴后面。柴堆里放着一长一短两把斧头，吉米把长柄斧头从一堆硬木里抽了出来，把枪架在柴堆上——在这种情况下，斧头显然比枪更顺手。接着，吉米让杰克把短斧藏在外套里，走到房前去敲门。他想最后再试探一次，看看这些白人是否仍然顽固不化。

　　"娘的，为什么啊？"杰克嘴里问着，却还是乖乖照做了。虽然杰克对白人的世界不甚了解，可要他怀揣着斧头跟一个农夫的老婆对质，这委实超出了他的心理承受范围。

　　吉米躲在屋外的暗处观察着。只见舅舅敲开了门，对纽比太太说，纽比先生要他们过来拿些面粉。

　　"他写了便条吗？"女人问道。

　　"太忙，没来得及写呢，夫人。"

　　"那还有什么好说的？难不成你想让我大老远跑到老屋去，问问你有没有撒谎？"

"赶紧让他滚蛋，妈妈。"大女儿在屋里喊道。

"不行就把步枪拿出来。"二女儿说道。

两人短暂地僵持了一阵，纽比太太突然扭过头去，或许是听从了女儿的建议，转身去拿步枪。吉米躲在二十码以外的暗处，心里暗暗奇怪：一个五大三粗的女人，拿把枪怎么这么费劲？这个大嗓门、肉墩墩的女人似乎花了很长时间才完成拿枪这个简单的动作。

吉米等不及了。他大吼一声，提起长柄斧便冲了过去。对他而言，这斧头不仅仅是一把利器，更是权威的象征。

女人的步枪已端在手里，刚想转身开枪，不料吉米的斧头已经劈了下来。刃口正中肩胛骨上方，厚厚的皮肉登时裂开一个深深的口子。

纽比太太倒了下去。厨房里顿时乱作一团，所有女人都尖叫起来。吉米从纽比太太的身上跨了过去，悄悄地等在一旁，等着格拉芙小姐从温暖的壁炉旁冲出来。纽比太太的一个女儿朝母亲奔去——或许是去拿枪。吉米没有阻拦。他提起斧头，对着格拉芙小姐的肋骨到臀部乱砍。

随着手里的斧头不断砍落，吉米渐渐领略到了屠杀的快感。在常人眼里，杀人是一种极端而可怕的行为。但这种观点并不全面，殊不知杀人还有另外一重意义：重拾尊严。吉米本以为格拉芙小姐会硬撑到底，始终保持那副冷峻的道德裁判的形象，不料她只是像头牲畜般躺在地上，嘶声尖叫着。他一直高估了这个女人。

在本能的驱使下，她企图挣扎着站起来，完全没有意识到胸腔和臀部已遭重创。

此时此刻，吉米终于意识到杰克和其他人的处境。飞溅的鲜血、惊恐的眼神、惊惶的叫喊……老头子被眼前的场景吓呆了。砍杀纽比太太造成的恐惧，只能用更多的杀戮来消除。

纽比太太的几个女儿也吓呆了。杰克奔着一个女孩冲了过去，也不知哪里来的力气，一斧头便砍了下去。

恰在此时，纽比夫妇十一岁的小儿子走进了厨房，身上穿着件法兰绒睡衣。吉米虽然几近疯狂，但立刻意识到，杰克一定会杀掉那个孩子——仅仅因为男孩的眼神里闪烁着恐惧。

吉米大叫一声，想拦住舅舅，可杰克早被恐惧冲昏了头脑，挥舞的斧头还是伤到了男孩的后颈。只见孩子身子一晃，差点摔倒，随即又一脚跨过母亲的身体，跟跟跄跄地朝门外逃去。

几秒钟后，屋子里的尖叫声渐渐微弱下去，吉米忽然听到一阵阵孩子的呜咽声——声音是从一张幼儿床上传来的。

杰克没有停手，仍然在那些早已没了声息的女人身上乱砍。眼前的一幕倒是与家庭野炊的场景有几分相似，只不过多了些讽刺的味道。一个女孩躺倒在母亲的腿上，头和颈部受到重创，血肉模糊。

吉米走过去，朝女孩的脑袋砍去，血溅在斧头上，看起来十分诡异。

屋子里突然安静下来。幼儿床上的孩子不停地哭着，哭声中听不出丝毫异样，仿佛只是寻常的哭闹，要不了多久便会睡去。

这哭声不仅没有打破宁静，反而令整个屋子显得更加沉寂。

敌人们都没了气息，吉米不由得心头一震。从此之后，格拉芙小姐再也不会对他和吉尔达的婚姻指手画脚了。这一切，又有谁能想到呢？

杰克靠在一堵墙上，浑身不住地颤抖着，灰白的胡楂上挂着亮闪闪的汗珠，那把斧头早已丢在纽比家的女人们中间。

心中的愤恨已经尽数发泄，但吉米知道，他已经无药可救了。他瞬间意识到，这冲动的快意终究会像泡影般消散。他必须清醒起来，不能再继续疯狂下去。

他必须调整心态，把这四个女人的遭遇看作罪有应得，当作他复仇大计的垫脚石。一场大战正在拉开序幕，她们的死仅仅是一个开端，是不可避免的。

然而他并不知道，这种心态本身便是疯狂的前兆，他之后的日子注定要在喜悦与孤独、清醒与狂乱的纠缠中度过。

一开始，他被杀戮带来的狂乱与快意所吞噬，或者说，几乎被吞噬——脑海里还残留着星星点点的理智。他只是隐隐约约地知道，但却并没有清醒地意识到，该如何让这微弱的理智发出亮光。

快意与狂乱终会像梦幻泡影般消散，躺在地上的女人们却是无法改写的事实。

纽比太太的胳膊微微动了几下。大女儿的脸上看不到太多慌乱，更没有沾染血迹；她看起来并不恶毒，反而带着几分乡村女孩的甜美。看到这些，吉米的心里稍感欣慰，至于为什么欣慰，他自己也不明白。

年纪稍小的女儿躺在一旁，前胸后背溅满了血迹，仿佛是她不小心跌倒，流了许多血出来。

躺在女孩旁边的是格拉芙小姐，浅褐色的头发披散开来，房间的阴影笼罩着她被砍伤的地方。

不到五秒钟的时间里，吉米把这些女人挨个打量了一番。随即，他似乎想到了什么，于是拿起纽比太太的步枪，推了推杰克，把枪交到他的手里，然而惊魂未定的杰克说什么也不肯接。

纽比太太的步枪原本跌落在一个角落里。角落里放着一个破旧的麻布袋，或许是给家里的宠物当铺盖用的，只不过眼前却看不到宠物的影子，兴许是死了或是跑丢了。吉米抖开袋子，装了些面粉、牛肉、猪油、咸肉、面包、蜂蜜、饼干和大米——大多是吉尔达想要买的东西。由于几个女人全都倒在厨房的另一侧，这一侧没有什么阻碍，因而行动起来十分方便。

步枪的弹药放在纽比太太的梳妆台里。吉米取出子弹，扔到了装着食物的麻布袋里。这些食物都是当天下午从吉尔甘德拉买回来的，彼时的吉尔甘德拉还是那样平静。

厨房的屋顶上挂着一串昆士兰产的香蕉。吉米暗暗发誓，他一定要去昆士兰，在那里找个山洞生活，把孩子养大，让他成为一名反叛者。

想到这里，他摘下一根香蕉，穿过走廊来到了孩子的卧室。孩子的哭声仍然持续着。

"饿。"小女孩说道，"我好饿。"

"来，这个给你，小家伙。"吉米用英语说道，伦敦东区土话中夹杂着原住民独特的口音。他想用水果来安抚这个孩子。

女孩的哥哥已经受了伤，此时正趁着夜色跌跌撞撞地朝父亲的老屋跑去。不过吉米并不在乎，因为他已经大获全胜。趁着夜色未尽，他要尽情地享受一番，尽情地享受占有与劫掠的快意。

第九章

吉米夫妇、莫顿、杰克和皮特几人趁着夜色向东逃去。一路上，他们穿过一片片广阔的牧场——牧场的主人是些牧羊人、大财主、占地者。走出牧场时，他们还不忘关闭长长的、吱嘎作响的大门，就像一群很有教养的游客。

杰克还不算糊涂，临行前带走了那瓶波尔图葡萄酒，不过他一直处于神魂颠倒的状态，时而精神错乱般惊声尖叫，时而喃喃地唱着：

> 恶魔被我亲手释放，
> 她们的灵魂回到图腾的故乡。
> 我的利刃深深地扎进她们的身体，
> 啊，请不要，不要来找我算账。
> 我在夜里施威逞狂，
> 蜥蜴巨兽的叫声撼动山冈。

此时，莫顿和吉尔达已经知道吉米跟纽比一家起了冲突，并且知道纽比家有几个人受了伤。但其中详情如何，要等远远地离开沃伦镇后，吉米才肯告诉他们。

"我这是在做什么？大半夜的，居然跟着一群黑人逃命？"吉尔达在心里暗暗问着自己——大概是因为她生了别人的孩子，心中有愧，或许是害怕吉米刚刚伤过人，余怒未消。

转念间，她又不禁担心起来，生怕会被送回收容所。她还是个孩子的时候便领教过收容所的可怕——整日里打着蝴蝶领结，穿着象征贞洁的束胸衣。不论是孩提时代的收容所还是格拉芙小姐提到的收容所，都让她感到心惊胆战。

在莫顿看来，虽然吉米犯了事，把一腔勇武和威猛用错了地方，但亲人毕竟是亲人，自己有义务帮助他。穿过一片片牧场，跨过一道道陌生人的篱笆，莫顿体会到了前所未有的自由。至于杰克的叹息和哭诉，他只觉得有些可笑。

一路上，吉尔达流了不少眼泪。她的胳膊已经累得生疼，幸好怀里的孩子安稳地睡着，偶尔吧嗒几下小嘴。杰克仍然时不时尖叫几声，警告大家亡灵可能会来寻仇。杰克的可悲之处在于，当初砍死女人是因为他害怕她们的尖叫声，可如今四下里一片安静，他的恐惧却没有减少半分。莫顿不清楚其中原委，只在一旁哈哈大笑。

吉米知道，只要朝东北方向走，平原上就会出现一片深山密林，翻过一座座山头，便到了他一直渴望与向往的地方。他虽然没有去过昆士兰，但总觉得那是个天堂般美好的所在。他们有足够的时间赶到那里。

由于之前一直忙着干活赚钱，吉米行走的本领已经渐渐退化，但此时此刻，这本领仿佛突然回到了他的身上，腿脚渐渐灵活起来。他不得不认为，这都是砍杀纽比一家后，上天赐予他的恩惠。

整整走了七个小时，天边终于露出一丝微弱的曙光。吉米让大家停下休息一阵。吉尔达看到丈夫正和莫顿悄悄地说着什么，两人的目光都落在杰克身上——他靠着一棵湿漉漉的大树歇了一会儿，终于支持不住躺在了地上，嘴里不住地咳嗽着；他身下是冻成黑色的腐叶土。这天的清晨十分寒冷。

难不成想杀了我们？吉尔达心想。有这个必要吗？难道没有这个必要吗？她已经累得动都动不了，心里正盼着吉米结果自己乃至孩子。

恰在此时，孩子醒了过来，开始哭闹着要奶吃。她坐到一簇尖刺丛生的山葱后面，解开扣子，乳头上立刻感到一阵刺骨的冰冷。为了遮羞，她在左肩上搭了一块毯子。很快，孩子找到了奶头，尽情地吸了起来。

"小家伙，"吉尔达说道，"可怜的小家伙，你要是长得再黑一点就好了。嗯，一定会的，你这个小坏蛋，长大以后准比现在黑得多。"

不知不觉间，她睡着了。

吉米掏出一把刀交给了莫顿，让他到山下的农场捉只羊来杀了吃。趁着纽比一家被害的消息还没传开，他们要吃些鲜肉才行。这个想法比较合理，实施起来也比较安全。

莫顿很快完成了任务，把羊皮从栅栏上方抛了出来。能够为哥哥做事，他感到非常开心。

"纽比和他的儿子们，想把咱们都饿死。"吉米对莫顿说出了事情的"真相"，"所以咱们就用斧子把他们砍死了。"

这恰好解释了为什么杰克的裤脚上沾满了凝结的血迹。在莫顿看来，为了应得的食物而杀人并没有错，只是没有料到杰克这个老头子会吓成这样。

他哈哈笑了几声，轻手轻脚地唤醒了吉尔达。吉尔达已经睡了两个小时，刚一睁开惺忪的睡眼，莫顿就给她端来了茶水。

"最好盖上点，"他对吉尔达说，"天太冷了。"

地上的冰霜还没融化，吉米满脸阴沉地坐在一棵树下，杰克仍然躺在原地，自言自语地忏悔着。新的一天就这样开始了。

男孩皮特一直上蹿下跳，没有片刻的安静，虽然撞破了鼻子，但两只眼睛仍然滴溜溜地乱转，没有半点安分。吉尔达根本不屑去看他第二眼。

这时，吉米迈着大步走了过来，手里拿着步枪。出于一种母性的本能，吉尔达连忙用身子护住了孩子。

"你怕我会伤害他？你认为我会做这种事？"吉米问道。

"我也不知道，吉米。"

"听着，咱们必须赶路了。用不了多久就放你走，还有小家伙。他怎么样了？"

"吃奶吃得还算好，很好。睡得也不错。"

"那就好。"

"吉米？"

"怎么？"

"就算豁出这条命去，我还是要说，我真的以为这是你的孩子。"吉尔达不得不抓住这个机会——自从孩子生出来，吉米很少直接跟她讲话，要么只是过来问问孩子，要么只是问她要不要买什么家具，"真的。生出个白人的孩子，我一点准备都没有。但我真的以为是你的孩子。"

吉米望着吉尔达，望着她雪白的下颌，望着她那张欲说还休的嘴，望着她淡褐色的头发盘成的发髻，望着她头上那顶湿漉漉的草帽，望着那件破旧的、从慈善箱里捡来的外套。蓝色斜纹布做成的外套穿在她身上，就像一顶帐篷裹着一个瘦小的孩子。在这一瞬间，吉米险些原谅了这个女人，想对她倾诉两人遭受的不公。不过他早在心里定下一条严格的规则，如果今天把吉尔达·霍伊当作受害者，那么明天他或许也会用同样的眼光看待格拉芙小姐。按理说，吉尔达应该算是敌人，然而她那不甚出众的长相和那瘦削的肩膀又不太符合敌人的条件。或许应该把她算作一个特例，对她抱有同情并不会带来什么危险。吉米心里也理不清楚，但他也不愿承担风险。

"你想出卖我的话，不妨去找警察好了。他们会问起关于我的很多问题，你可以全部告诉他们。"

众人又走了一个多小时。

杰克·斯摩多这位芒金迪部族的元老，这位特别重视"魔法牙齿"的老人，终于崩溃了。按照部族的传统，见到一个女人流血就足以带来灾祸，何况他竟然见到了四个，何况他还站在女人喉部和腹部流出的血液里继续乱砍乱劈。每当闭上眼睛，他总能看到如注的鲜血斜斜地从黑暗里喷出。

"吉米！"吉尔达冲丈夫叫着，脚跟已经磨出了水泡，"吉米，行行好吧，别再走了！"

吉米没有理会，直到太阳高高地悬挂在正北方，他才让众人停下来休息，然后砍下半只羊腿煮了起来——莫顿杀过羊后立刻放了血，整整一个早上都小心翼翼地背在身上。

杰克觉得自己快要死了，但他天真地认为，和从前一样，这种感觉可能是噩兆带来的。

吉米走到吉尔达和孩子身边，放下了身上所有的东西，包括那袋食物和他的步枪。

"再往前就是达博，你们就不用去了。附近的农夫或者什么人会救你的。你告诉警察，就说我向他们宣战，告诉他们该死的纽比是多么刻薄，告诉他们我在纽比家做了些什么，一定说是我做的，不是杰克。记住，要说我向他们宣战，明白吗？"

"记住了，吉米。"吉尔达说着，心里感到一丝慰藉。终于可以摆脱他了。然而欣喜之余，她又有些不忍，伸出手去想要摸摸他的脸，但吉米眨了眨眼，仿佛在警告她收起这份温存。

"孩子我帮你抱着。"

"没事，我可以的。"

"放心吧，这孩子也算是我的，让我抱。"

接下来，众人又走了一英里半的距离，多数时间里，他们都沿着巨石嶙峋的山道向上攀爬，随后又沿着森林里的小径一路下坡，来到了通往达博的路口。

"要是孩子以后需要帮忙，就去找他那个该死的父亲。"吉米说着，把孩子交给了吉尔达。

吉米站在小路的高处，回头望了望，只见吉尔达正盘着腿，小心翼翼地坐在草地的边缘，神情凄凉，或许随着一阵马车的响声，种种悲惨但清晰的记忆就会汹涌袭来。

这天下午的晚些时候，一行人走到了河流的岔口，吉米和莫顿不得不丢下喃喃自语的杰克和男孩皮特。兄弟俩给他们留了些羊肉和茶叶，足够两人一天的伙食。男孩已经记住了吉米的嘱咐，逢人便说杰克是清白的。的确，当初杰克来找他只是出于单纯的目的——血脉亲情、部族的巫术传统，再就是向他讨些酒钱。这让吉米充满了内疚和懊悔，因为老头子这趟来得太不值得，眼下不论如何劝慰，杰克都已经听不进去了。

甩开了两个累赘，只留下头脑简单、矫健活泼的弟弟，吉米的心里感到一阵快活。如此一来，兄弟俩就能加快脚步，像模像样地赶路。行走的过程中，两人还在身后拖着树枝，以便掩盖行迹。爬上大分水岭后，两人看到了一片农场，农场四周围着一圈篱笆。他们一手扶着篱笆，像螃蟹一样侧着身子走了一英里左右。这种姿势走路并不好受，况且脖子上还挂着步枪，两人只好一路弓背前行，身上带的东西几次差点掉下来。不过莫顿显然乐在其中，觉得这样走起来十分有趣。

兄弟俩继续爬了一阵山，来到一片不被任何人看好的荒凉地带。眼前的土地异常贫瘠，没人愿意在这里安家。他们生了堆火，裹了毯子便睡下了。

睡到半夜，饥寒交迫的两兄弟先后醒了过来，然后便趁着夜色继续赶路，天亮前，他们已经越过了大分水岭的山脊。随着日轮渐渐升起，阳光带来了暖意，兄弟俩再次裹上毯子，一觉睡到星期天的午后。

对吉米而言，屠杀纽比一家的事情已经变得无比遥远，令人难以置信，就像摩西率众渡红海的传说。

在这寂寂无声的高山密林里，吉米很难相信会有人追来。

西南方四十五英里处，牧师们正凭着各自的想象，猜测着纽比一家的遭遇。

兄弟俩生活在森林里，无拘无束，也没有任何牵挂。吉米很喜欢这种生活，但心里也暗暗担忧，生怕会失去莫顿。他知道，如果一直把莫顿留在身边，一定会毁了他，因为自己隐瞒了砍杀女人的事情。女人的鲜血会毁掉亲情，而且他的复仇之路才刚刚开始——残忍地砍杀纽比家的女人后，他的灵魂并没有因此变得柔软。

莫顿最终会面临两种下场：第一，生怕失去吉米而义无反顾地追随左右，最终受到牵连；第二，害怕哥哥不得善终，陷入挣扎与迷茫。吉米看得出，尽管莫顿嘴上从没问过，但心里的疑问却无时无刻不在折磨着他。

身负重伤的纽比太太仅仅活了三天，临死前告诉众人，她身上的伤主要是那个老家伙造成的。

前来救治的医生都为纽比太太顽强的求生欲惊叹不已，警方也因为她提供了明确的线索而不痛不痒地赞叹了几句。看到她神志依然清醒，依然知道为女儿和可敬的格拉芙小姐伤心，女人们都流出泪来。

她的遭遇引起了极大的轰动，人们仿佛把她当作贵族或是圣徒来看待，没有人记得她在吉尔甘德拉购物时是如何吝啬，更没有人知道她是如何逼迫、恐吓吉尔达的。若是让吉米来评判的话，他一定会觉得人们对她的评价不够公正。

纽比先生一直处于神情恍惚的状态。附近的农场主纷纷赶来为警方破案提供帮助，为了表示安慰，他们还带来不少朗姆酒和威士忌。

在一阵阵窒闷的酒气中，纽比先生回想起第一次来到澳大利亚西部的情景：刚从多塞特搬过来时，他只有十八岁，很快被这里的田园风光迷住了，仿佛这广阔的土地上弥漫着一股清幽而随性的气息。于是这里便成了他的家，他爱这片土地甚于爱自己的心，不知不觉间就在这里安定下来。如今遭遇这等惨剧，他只好卖掉一切，到悉尼去讨生活，因为在他眼里，这片土地早已跟吉米·布莱克史密斯融为一体。

惨案发生后，第一个进入厨房的是纽比先生的大儿子。看到眼前的一切，他立刻骑马赶到吉尔甘德拉，因为那里住着三名医生。他需要有人确定地告诉他：是的，她们死了，而且死得很惨。

当地的警察也对他说：是的，这是前所未有的惨案。

整整一个周末，前来探望的人络绎不绝，男人们带来了烈酒，女人们带来了糕点。她们端出纽比太太的茶具，用茶水招待警察、医生和唁客。

纽比的两个儿子并没有保持沉默。他们谈论着惨案发生前的情景，魔鬼、屠夫、令人发指等词迫不及待地脱口而出。

"这群杂碎，父亲为他们付出了那么多！"年纪稍小的儿子说。一股愤恨的情绪渐渐在唁客间传播开来。

星期六中午，第一批警察和热心的镇民离开了纽比家。临行前，男人们摘下帽子，向纽比一家致意，随后便骑马赶去吉米夫妇的小屋里寻找线索。警方的追踪手来自吉尔甘德拉，是个十分精明的原住民。他绕着小屋转了几圈，终于发现了吉米一行人逃走的踪迹。种种迹象表明，他们是朝东方逃走的。

"他的族人就生活在那里。"警察对热心的镇民们说道。

所有人都以为，吉米很快会被缉捕归案。

星期一清晨，格拉芙小姐的未婚夫道伊·斯戴德给不幸的一家人发来了电报，随后便骑马来到纽比家，随行的还有五位年轻的朋友，都是格拉根邦来的农夫。

道伊生性文雅但为人豪爽，结交的朋友也性情各异。这次跟来的朋友里，有一个名叫托班，是个自命清高的爱尔兰裔澳大利亚人；另外一个大约三十五岁，名叫都德·艾德蒙斯，是个头脑精明的占地者，至今还是单身。

这天吃早饭时，几个人全都喝了朗姆酒，因为酒精有助于营造出一种同仇敌忾的氛围。

六个人来到纽比家，只有道伊一个人下了马。当时，一位农妇正在给纽比一家准备早餐，另外一个女人正在角落里喂四岁的孩子吃饭，不时挥动起汤匙逗弄孩子，偌大的厨房里传出一阵阵轻微的笑声。

道伊是个标准的澳大利亚人，高高的身材，褐色的头发，一对蓝色的小眼睛，冷峻的北欧式面孔里隐藏着善意，小巧的五官似乎与高大的身材不甚相称，如果身体的比例更协调些，看起来一定会更加帅气，更加文雅。

不过，这个年轻人的骨子里却透着一股干练，人们都知道，要想成为农场主，首先要对抗旱灾、虫灾，还要随时应对突发事件，因此，这股干练的气魄是必不可少的。

见到纽比一家人后，道伊感到些许宽慰。

见到道伊后，纽比先生的心里同样感到宽慰。他正一边喝茶一边喝威士忌，给道伊也倒了杯酒，亲切的态度让道伊十分感动。很显然，纽比先生以为道伊跟自己一样，心里正承受着无比的伤痛。不过纽比先生却猜错了。年轻人尴尬地端起酒杯，一饮而尽。他要向纽比先生证明，自己同样需要宽慰，但事实上，只有在酒精的作用下，他才能唤起对未婚妻的昔日之情。

"你的未婚妻是个很出色的女孩。"纽比先生说着，发出一阵怪异的呜咽声。

纽比的一个儿子说道："父亲为那群混蛋付出了那么多！"

"您的小女儿还好吧？"

"还好。当时她正在幼儿床上睡觉，手里攥着香蕉皮。可能是我的女儿……或是我太太……给她的……随后不久就被……"

纽比先生一手紧紧地握着桌子角，沉痛地叹了口气。

"她的脸没有受伤，我是说你的未婚妻。"纽比对道伊说道。

"纽比太太怎样了？"

"医生说，怕是挺不过今天了。"

"至少不用再遭罪了。"

"小儿子还算幸运，只是目睹了整个过程。他听到那两个杂碎一边怪叫，一边……"

按理说，道伊本该悲愤交加才对，但奇怪的是，他心里只有一种追捕凶犯的使命感。这种使命感源于心里的愧疚，因为他并不感到悲伤。在他看来，未婚妻的死是老天给他的惩罚，因为他曾在格拉根邦睡过不少黑女人。

他并没有完全意识到，或许自己根本不爱格拉芙小姐，之所以定下这门亲事，是因为所有人都夸赞她德行好，聪明睿智，而且长得漂亮。他跟吉尔达一样，对格拉芙充满了敬畏。如今她已过世，不必再娶她，每每想到此处，道伊都会暗暗觉得欣慰，但这种欣慰又让他心里充满了不安。

事实上，此刻他最盼望的就是跟几位朋友出去游玩——吃吃喝喝，在野外睡觉——没有什么奢望，况且格拉芙小姐死后，她那套矫揉造作的繁文缛节也随之而去，或者说，被砍得四分五裂。可是眼前这些人，这些性情率直而和蔼亲切的人，却个个义愤填膺，执意要为她可怕的遭遇讨回公道。

来到吉尔甘德拉之前，他在格拉根邦的占地者俱乐部兑现了六十英镑的支票，但此刻却有些犹豫不决，不知道要不要拿出一张崭新的五英镑钞票做悬赏，要不要对众人表示，不杀死吉米·布莱克史密斯决不罢休。虽然听起来有些荒唐且不切实际，不过却能让纽比一家心里好受些，至少他们心里的悲痛是一点不假的。

令人意外的是，纽比太太在接受询问的过程中去世了，这让所有的调查人员都大感难堪。众人正商议着，一位来自达博的邮递员带着一份电报赶到了。电报上说，有人发现了杰克·斯摩多，并把他扭送到了达博。听到这个消息，所有人的精神都振奋起来。没想到其中的一名凶犯竟已落网！一时间，在场的农场主们都赞许地笑了笑，但随即又变得神情凝重起来。

验尸官私下里表示：真正的主谋是吉米·布莱克史密斯，据说，他已经把复仇视作一场战争，除非各位同心协力，否则很难将其缉捕归案。

话音刚落，二十多个人纷纷表示愿意效劳，愿意在接下来的一周里，协助警方追捕。

星期一这天，道伊带着几位朋友先行离开，朝着东方赶去。

道伊的心里很不平静。令人感到荒唐的是，他此时特别渴望去找一个名叫黛西的女人——一个苗条而淫荡的黑女人。每次见到黛西，她总是一副慵懒绵软的模样，看起来要死不活，却别有一番美妙滋味，道伊甚至有些不能自拔。

然而对于黛西的痴迷似乎不仅仅是肉欲这么简单，他总是忍不住为她的名声感到心烦。

一个星期六的晚上，他从占地者俱乐部出来后，踉跄着来到了黑人聚居区，不料黛西正惊慌地守在门口，不肯让他进屋。道伊推开她，强行走了进去，发现床垫上坐着的竟然是自己的父亲。他的裤带已经解开，衬衣的下摆露在外面。

此时此刻，如果硬说他对黑人有什么怨恨，想要报复他们的话，那绝不是因为格拉芙小姐惨死一事。沃伦镇的人早将她捧到圣人般的高度，她的悲惨遭遇正在他的记忆中慢慢淡去。道伊所怨恨的，是父子二人居然会在如此尴尬的情形下相见——两人面面相觑，全都解开了裤子，心里充满了对同一个黑女人的渴望。

悉尼城外有片临河的郊区，叫作巴尔曼。新南威尔士州的公共刽子手就住在这里，经营着一家不甚起眼的肉铺。铺子里十分宽敞，地面上铺着干净的锯末，这些锯末每天都会更换。刽子手的两个儿子很有教养，他本人更是品格端方的典范，对人对事充满着低调的热情。他或者他的儿子每周都会去霍姆布什的屠宰场购买杀好的牲畜，每周去三次，每次都是清晨出发。

每次谈起肉食，刽子手总有说不完的话。每逢有家庭主妇来买肉，他就会提起一块牛里脊，不住地夸赞肉质是如何细腻。

刽子手名叫华莱士·海博里。他没有什么亲近的朋友，因此"华莱士"是他最为口语化的称呼了——身处一群土老帽中间的他保留了这一称呼。巴尔曼的女人都觉得他很优雅，几乎赶得上城里美发店中的那些外国绅士。

尽管人人都知道他是公共刽子手，但大家都表示，根本想象不出他会伤害任何人。

虽然名义上是公共刽子手，但行刑的过程并不对外公开。因为在六十年前的一天，一位亡命之徒曾在受刑前大肆煽动看客，呼吁众人在新兴的不列颠殖民地联手驱除所有专制统治者。

所以，像泰德·克鲁纳——一位海博里不想看到的客人——这样的恋尸癖，只能靠看报纸和从刽子手那里买肉得到满足。

星期一傍晚，泰德·克鲁纳来到肉铺；这一天，报纸上刊出纽比一家惨遭屠戮的消息。泰德·克鲁纳时常拿着一份列着肉品需求的清单，背靠着肉铺的后墙，不时抬起靴子在满地的锯末上勾画着图形，买肉的时候总是让女人先买，自己却等到最后。

只要克鲁纳来到店里，海博里就会绷起脸，只顾埋头切肉。他做事利索、井井有条，为人富有社会责任感；他认为尽量减少犯人受刑时的痛苦是他对社会的最大贡献，若是被克鲁纳这种变态当成下流的消遣，未免太不值得。

店铺里的客人陆陆续续离开，最后只剩一位老太太，来买喂猫用的肉。眼见老太太年逾花甲，听力又不好，克鲁纳谈起了星期五发生的那场惨案，大声读着《悉尼先驱晨报》上刊出的细节。

"那个地方我很熟悉。"他说，"我小时候就在吉尔甘德拉生活，没准还认识这个叫纽比的人，不过现在记不大清……哎，总之《邮报》会把所有的照片都刊登出来。"

"不可能是全部，克鲁纳先生。"海博里说着，锋利的刀刃割开了几片里脊，"不可能的，有些东西是不能让大家看到的。"

"什么意思？"

"杀人可不光是把人放倒这么简单。有些女孩和女人的死法，不管心理素质多好的警察，看了都会觉得恶心。所以，凶案现场的很多照片不会公开，只能给医生和高级警察看。"

克鲁纳皱了皱眉，仿佛在说：就算有人逼我，我也绝不去看那些有碍观瞻的东西。

"我怎么会看那种东西？我想说的是，没准我见过那个农场，或是认识被害的那些人。"

"好吧。"

看着海博里切肉实在是一种享受：一把切肉刀唰唰唰划上几下，再砰砰砰砍上几刀，七片里脊就已经切好，从那双白净的手里落到秤盘上。

"这条消息真让我吃惊。"克鲁纳继续说道，"今早的报纸上说，发生了一起恶性凶杀案。咱们俩一样，不了解凶手，也不了解那儿个被杀的女人。可能你没听说过吉米·布莱克史密斯这个名字，不过等他被吊死的时候，肯定是由你来动手。人们最终记住的，总是行刑的最后时刻。这么说来，你还是历史的见证者呢！……那么多臭名昭著的凶犯，最后还是要送到你的面前，仔细想想倒也有趣。"

"我不会看他们的脸，更不会跟他们讲话。我不过……不过是行刑中的一个步骤而已。"

铺子里顿时安静下来，气氛颇为尴尬，海博里的儿子们依然在埋头干活。克鲁纳冷笑了一声。在他看来，刽子手都会有些病态的怪癖，只不过不想让人知道而已。真是假正经！如果让他来做刽子手，他一定乐于分享自己的故事和感受。亲手杀过那么多人，总会有些人死得很滑稽，很有趣。

克鲁纳痴迷于死亡带来的恐惧感，也对滑稽的死法情有独钟。这一次，他打算换个角度套问这个肉贩。

"总之，这几个姓布莱克史密斯的家伙都是土著。照我看哪，黑人就是麻烦不断。"

"这话怎么说？"

"我是说通常意义上的麻烦，还有技术上的麻烦——比如说，吊死黑人就是一件很麻烦的事情。"

"我可没听说过。既然你什么都懂，这个问题就留给你去研究好了，克鲁纳先生。"

"上次你不是吊死个黑人吗？在巴瑟斯特？报纸上说……哎……有些话还真是说不出口。"

"报纸上怎么说？"

"说那个黑鬼的脑袋都掉下来了。"

海博里忍不住打了个冷战，但脸上却看不出丝毫恐惧。刽子手这个行当里并没有学徒的说法，只能在一次次"实践"中不断摸索，积累经验。

当初给那个年迈的原住民行刑时，使用的绳子过于粗糙，加上犯人的脖子很细，身体下坠到最后那一下子，脖子突然被扯断。有了这次经历，刽子手才能更好地了解体重、年龄、力道等因素。

然而对于那些以此为谈资的人，他向来是十分鄙视的。

"哪家报纸上说的？"

"《真相》，还有《体育纪事》。"

"体育报怎么会刊登这种消息？"

克鲁纳耸了耸肩没有回答。"你这里有上好的牛排吗？"他问道，那副神情倒似海博里先生烦扰了他，耽误了他的时间一般。

第十章

此时，布莱克史密斯兄弟已经来到山区的多雨地带。许多树木正渐渐枯萎，树干上长满了青苔，四周的树蕨长得很高，脚下的土壤肥沃而松软，到处都是肥硕的昆虫。从星期一到星期二，整整两天，一团乌云始终追随着他们的足迹，不断地倾洒雨水。

对两兄弟而言，淋些雨水算不得什么，两人继续赶路，根本没有在意。不过吉米的心里始终犹豫不决，不知是该讲出真相，让莫顿离开自己，还是继续隐瞒，把弟弟也拉下水。他一遍遍地告诉自己，不必急着说出真相，但心里却十分清楚，这只不过是自我欺骗而已。他早已列出了一张复仇名单，准备依次找那些仇人算账。如果不去复仇，他还不如跪在地上忏悔，为纽比家的女人和格拉芙小姐祈祷。

每当莫顿问起他与纽比争执的过程，吉米就会编造出一些细节来骗他，一场惨案被他说得越来越像一场英勇的战斗，就像是古老的战歌里吟诵的场景。谎话越说越多，吉米觉得身上那张湿漉漉的毯子磨得肩膀越来越痒。

此时，兄弟俩终于发现，他们背负的食物过多了。起初准备了五个人的口粮，但现在只剩下两个人，为了轻便起见，他们把一部分牛肉扔进了深谷——这些牛肉正是吉米星期五晚上从纽比家抢来的。甩掉多余的包袱的确是明智之举。兄弟俩对视着笑了笑，心情变得轻松起来。如果命运能够通融一些，让莫顿在有血性的同时保存善良和理智，那该有多好。

星期五惨案后，吉米本以为自己会变得萎靡消沉。他一直等着这天的到来，却始终没有等到。是该为罪行忏悔，还是该相信自己的义举？吉米在两者间保持着巧妙的平衡。令他感到欣慰甚至满意的是，这次的复仇行动十分彻底，十分干脆，因为他本就是个利落的人。是他亲手召唤出死神，让死神的咆哮震慑那些自以为终身无虞的人，是他对白人的德行提出了质疑。从理智上来说，他的内心是沉重而懊悔的，但从情感上来说，他的心情是轻松而快意的。因此，他依然迈着轻快的脚步在湿漉漉的丛林里继续前行着。他知道，心里念念不忘的仇人们就生活在大山的这一侧。

西里太太也是值得惦记的，这种感觉就像是对恋人的怀念。如果说这个念头近乎疯狂的话，吉米倒十分喜欢这种疯狂。

可是嬉皮笑脸的莫顿该怎么办？或许他自己会做打算吧。星期三这天，一阵东北风突然刮起，淅淅沥沥的雨水顿时变得倾盆如注，行李铺盖被浇透，吉米也发起烧来。这时，莫顿提到一个伐木工——之前跟他一起干活的人。那人名叫马利特，是个窘迫潦倒的爱尔兰人，平时在巴灵顿山砍伐松木。作为一个单身汉，马利特过得还算快活，经常能找到可爱的女人跟他同居。他住在一片茂密的森林里，距离兄弟俩淋雨吹风的地方大约十五英里。

莫顿说，这个伐木工还算热情，而且应该还没有听说沃伦镇的惨案，就算听说了，也未必会在意。

下午的晚些时候，兄弟俩冒着迎面而来的冷风，穿过了梅里瓦火车站以东两英里处的铁路，为了防止暴露行踪，他们沿着铁路朝西走了四五弗隆[1]的距离，然后才转向北方，朝马利特的住处赶去。在枕木高过路基的地方，两人踩着枕木，一根一根跳着前行；但有几百码路，铁轨略微陷进土里，他们就踩着一根湿漉漉的铁轨前行，为了保持平衡，他们左手拿着步枪，右手提着麻袋。这样一来，再有经验的追踪手，也得花上几个小时的时间才能看出头绪。

兄弟俩顶着狂风走了二十五英里，满心期待着马利特的热情招待，一路上谁都没有讲话，就连莫顿也已笑不出声来。

接近傍晚的时候，他们看到了灯光，听到了一阵阵刺耳的响声——右前方就是一座锯木厂。天色很快黑了下来，必须要偷一盏防风灯才行，吉米心想。湿漉漉的灌丛刮擦着两个人的大腿。他们还得偷两块防水布。

两个小时后，莫顿指着一户人家里透出的灯光，表示这就是马利特的家。很久之前，马利特家门前的大路被圆木刮路器刮得

---

1 弗隆：1弗隆＝201.168米。

很干净，如今这里已经长满了新生的小树。前门三十码处立着一根粗壮的松树干，砍树用的梯子仍然放在一旁，仿佛是为了做纪念。

莫顿扑到大门上，用力地敲了起来。过了好一阵，门终于开了，开门的人看不清模样，或许是马利特的女人。矮小的伐木工站在小屋的门口，手里端着一把老旧的长筒毛瑟枪，瞪着一双眼睛，腮边长满了胡子。

"马利特，你疯了吗！我是莫顿·布莱克史密斯啊！这是我哥哥，吉米。"

马利特眨了眨眼。"你知道的，我这里没有多少吃的。"

莫顿之前信誓旦旦地说，这个爱尔兰人一定会热情地招待他们，可听了这番话后，兄弟俩顿时感到一阵沮丧。这个爱尔兰人的口音跟西里先生很像，语气里就带着一股吝啬。

"我们自己带了吃的，"莫顿喊道，"只是想在你这里住一宿，暖和暖和身子。我们走了一天，毯子都湿了。"

"好吧，欢迎你们，快进来，别在外面淋着。"

小屋里十分温暖。马利特搬出一坛酒精含量超标的朗姆酒，脸上一副神秘兮兮的表情。吉米没有任何反应，他所需要的，只是一个躲避风雨的地方，他要抓紧时间享受这间温暖而明亮的小屋。

莫顿喝了不少酒，马利特和那个年轻女人也一样。大概喝了一个小时，莫顿和那个年轻女人跳起了吉格舞，马利特则吹着口琴伴奏。在这方面，马利特可谓造诣不浅，一曲奏完，他的眼中焕发出些许光亮。随即，他拿起口琴在拢起的手掌上敲了几下，甩出了里面的唾液。莫顿则一遍遍地唱着那首名叫"黑眼睛的基蒂"的歌。

"你们打算去哪儿？"

"我们犯了点事，躲警察呢。"

"原来是这样。"

"我们要去昆士兰。"

"昆士兰那个鬼地方？你们犯了什么事？"

"杀了几头母羊而已。"

"真的？是哪里的警察在追你们？"

"吉尔甘德拉的警察。"

"天啊，你们已经甩开警察一天的路程了呢！"

口琴里的口水已经甩干，长相甜美的年轻女人又准备开始跳吉格舞。

吉米不知道莫顿会不会因为这个女人跟马利特发生冲突，不过她土里土气的，为她发生争执根本不值得。趁着两人还没闹出矛盾，吉米抓紧时间睡觉去了。

他本想在马利特的小屋里再睡一个晚上，但又生怕杀人的消息会很快传到这里。虽然他们早上还没听到什么风声，但难保晚上不听到。女人被害的消息总是传得很快，甚至比报纸上的消息还要迅速。因此，兄弟俩必须马上离开。吉米必须要适应这种时时准备与所有人开战的状态，况且东边还有几个仇人要对付，关于莫顿的难题还没解开，吉米根本没有心思在马利特的小屋里长

140

住下去。

两人伴着新生的阳光，沿着一条斜斜的小路朝山谷中走去。西里的农场越来越近，兄弟俩可谓轻车熟路，走起来越来越容易。他们沿着牧场和果园的北侧边界前行，一路上躲避着行人的耳目。吉米对莫顿说过，等到了西里家，他要索要应得的补偿。

中午时分，两人看到一个正在赶马犁地的农夫。那人背对着他们，两条胳膊肌肉虬结——正是西里先生。在短短的一瞬间里，吉米想过要开枪打死这个吝啬而奸诈的农夫，从而结束两人间的仇怨，不过这样做是不切实际的。农场周围的篱笆都是吉米亲手搭建的，他对附近的环境可谓了如指掌。上次来到这里时，地里还是光秃秃的，如今已经长出一片玉米，遮蔽了通往西里家的那条小路。两人从玉米地里斜斜穿过，莫顿一路光着脚，他们甚至能听到越冬的蛇发出受惊的嘶嘶声，听到田鼠在玉米丛中窜来窜去的声音。

吉米心里清楚，如果不早点把话讲清楚，一定会害了莫顿。或许他会像自己一样，变得嗜杀成性，也可能会极度憎恶这种开枪杀人的野蛮行径。眼下，他的人性还没有泯灭，还没有发现哥哥的真面目，还需要维持这份亲情。

吉米心里正纠结着，两人已经走出了玉米地，西里家那栋气派的房子就在眼前。看到周围大片大片的草场，吃得肥肥壮壮的母牛，他突然意识到，此行的目的并不是找西里算账。他真正的目标是西里先生那位丰满圆润的太太。吉米甚至能感觉到她的存在，感觉到她正坐在屋子里的炉子边烤火。

吉米完全失去了理智。他专程跑到这里，就是为了杀个女人，丝毫不再顾忌女人的鲜血会带来晦气。丰腴的西里太太正等着他，等着被他劈成两半，就像佩特拉·格拉芙一样。

"你快走，莫顿。"他突然说道，"看在上帝的分上，快走。"

"你不是要来讨个说法吗？"

"用不着你帮忙，快走。算我求你，快滚！"

莫顿哈哈大笑起来。在过去的一周里，莫顿已经很久没有这样笑过了。此时的他又恢复了往日的神态。吉米不顾暴露的危险，提高了嗓门，恳求他离开。可是莫顿依旧咯咯地笑着，继续朝前走去。

为了让莫顿认识到事态的严重性，吉米说起了芒金迪语。

"屋里有个肥婆，一个恶毒的女人。她给我施了巫术，让我在死亡的边缘挣扎、枯萎。她的男人也被下了咒。她就像毒蛇的牙齿一样恶毒。"

"哦？"莫顿傻傻地笑着，根本没有听懂，"这种恶婆娘，简直没救了。"

吉米只好作罢。

吉米纵身蹿出玉米地，跃过篱笆后便冲着农舍的屋门直冲而去。他的速度虽快，却甩不掉忠心耿耿的莫顿。

莫顿抢先一步来到门口，刚好撞见了一个四十岁上下的瘦女人，这个搞不清楚状况的女人端着一支步枪。莫顿踏进外廊的脚步声引得屋里的西里太太连声惊叫。

听到叫声后，吉米顿时止住了脚步，他因自己疯狂愚蠢的行为而发抖。瘦女人开了一枪，却没有打中吉米——根据他后来的推测，子弹一定是擦着胳膊和身体间的空隙飞了出去。

与此同时，莫顿的子弹打中了瘦女人胸口的右上方。瘦女人猛地向后摔倒，躺在了地上。

霎时间，莫顿陷入无尽的懊悔和悲痛之中。他跪在瘦女人身旁，根本无法相信这血淋淋的伤口是他亲手造成的。他从来没有意识到，原来重伤会像疾病一样，缓缓地夺去人的生命。吉米无暇安慰莫顿，更想不出什么冠冕堂皇的说法来为他开脱罪责。

接着，吉米·布莱克史密斯先生跨过了那道门槛。

西里太太立刻站了起来，饱满的双唇间发出断断续续的哀嚎声。她怀里抱着一个孩子，孩子身上搭着一条长长的披肩。西里居然有了继承人。为什么西里选择要孩子，而厨子却不要？这些该死的白人，他们作出选择时未免太随意了。

孩子勾起了吉米对西里太太的欲望，他盯着她那颀长、略带褶皱的脖子；尖叫声从她的喉咙中冲出。他端起步枪，瞄准那轮廓分明的下巴，然后渐渐把枪口对准她的喉咙。

"都怪你那该死的男人。我想搭他的车去梅里瓦，他都不肯。"吉米翻起了旧账。

门外，莫顿正安慰着那个浑身是血的女人："别担心，口径很小，只有0.22英寸。"

那个女人怔怔地望着前方，呆滞的眼神里流露着一丝困惑，两只手的颜色开始渐渐变深。

西里太太躲到了碗橱的一角，但由于臀部太过丰满，无法完全让自己被遮住。她刚一转身，吉米便一枪打中了她的喉咙，鲜血喷涌而出，溅了一地，她身子一歪，倒在了角落里。

狂暴的吉米已经无法收手，接着走到了孩子的跟前——孩子仍然坐在西里太太的腿上，身上搭着那条披肩。

"小崽子！你爹一定把你当成宝贝吧！"他骂了几句，放声哭了起来。

这时，莫顿的喊声从门外传了进来，但吉米根本没有理会。他重新装好子弹，对准孩子的脑袋，然后闭紧双眼，扣动了扳机。

吉米睁开眼睛时，莫顿正跪在西里太太和孩子的尸体旁，两眼红肿，仿佛已经哭了几个小时。

吉米终于回过神来。

"我早就让你滚蛋，不是吗？可你就知道笑，根本不听。"

"西里跟你有多大仇怨？"莫顿用生硬的英语问着，语气里听不出丝毫讽刺。他被眼前的一切惊呆了，只盼着吉米能够一条条地列出西里的罪状，列出足以解释厨房血案的罪状。

"他想饿死我，还骗了我。"

"可这是女人的血啊！"莫顿嘶声喊道，"还有孩子的血！"

"这些传说都是狗屁，用不着当真。"吉米说道，他以为莫顿只是因为害怕报应才如此惊惶，"当初我走着去梅里瓦，而她坐在马车里，理都没理我。"

"老天啊，看看你都干了什么！"

"我知道自己做了什么。"吉米用芒金迪语说道，"她给我下咒，想勾走我的魂，这次她又想害我，我就知道她不死心……"

刚说了几句，吉米便说不下去了。隔着满地鲜血的厨房，他看到了那个受伤的女人。她艰难地向前爬着，生怕膝盖压住裙子，牵动伤口。

"应该让西里亲眼看看这孩子。让吉尔达也看看，还有……还有那些狗杂碎。算了，没什么大不了的，那个女人的枪还不错，归你了。"说着，他指了指那支被扔在外廊上的枪。

令人惊奇的是，那个女人居然坚持着爬过了木柴堆。她的鲜血不断滴落在草地上，两只膝盖又将血迹蹭得一片模糊。

"这是支货真价实的家伙。你拿去吧。"他对莫顿说道。

莫顿睁大了眼睛。让他无法理解的是，平日里那个无比熟悉的同母异父的哥哥，为何突然变成了一个专门残害女人和孩子的杀手。

屋外大门的右侧，一群健硕的小母牛叫了起来，显然是在等人来挤奶。它们谁都没有理会在地上艰难爬行的女人。

莫顿又哭了起来。吉米则在屋子里到处寻找食物和弹药。

"咱们快跑吧，吉米。咱们去昆士兰。"

"要等西里亲眼看到这一切再说。这都是为西里准备的。"

"就因为他不让你搭车？"莫顿咆哮起来。

"你先坐下来，冷静一下。你当时又不在场，根本不知道这些混蛋是怎么欺负我的。"

莫顿并没有坐下来，只是一扭头，把脑袋枕在厨房里的餐桌上，两只扁平的鼻孔因为恐惧张得更大了。突然，他撕心裂肺地哭嚎起来，一行行口水从嘴里淌出，落在西里太太用沙皂清洗过的餐桌上。

忙着洗劫厨房的吉米突然停了下来，他在想要不要把那个抵死硬挺的女人也打死。她就快爬到大门口了。

不过没等她爬到门口，西里便骑着一匹黑身白额的大马进了门，透过厨房那扇敞开的门，可以清楚地看到他的一举一动。西里先生的手里拿着家里的另一支步枪。

吉米连忙躲到了厨房前方的一个角落里："让他好好看看自己应得的报应。"

此时，西里已经下了马，正和那个女人说着什么。他搀扶着那个女人，让她躺在地上，随即端起步枪，朝房子走来。

出乎吉米意料的是，莫顿恰在此时走出了屋子。他跟跄地走着，仿佛是一时兴起，在模仿杰克喝醉的样子。

就连西里也有些摸不着头脑。他以为莫顿要么受了伤，要么就是有意嘲弄自己，或是想分散自己的注意力。西里终于开枪了。可就在枪声响起的瞬间，莫顿偏巧朝旁边迈了一步。

西里忙把右手伸进口袋，四处摸索着子弹。就在这时，吉米·布莱克史密斯先生闪身来到屋外，一枪打中了他的心脏。

西里又耍了一次诡计——这位粗壮高大的农夫居然当场毙命，像个圣人一样死掉了。他把手里的步枪扔到一边，就像主动缴械投降一般。中弹的瞬间，西里跪在了地上，身子渐渐向前弯倒，直到额头触碰到土地，仿佛深深地鞠了一躬。几秒钟后，蜷曲的身子朝旁边倒了下去。1854年，当西里的母亲在斯莱戈怀上他时，他在母亲的身体里便是同样的姿势。

"该死的杂种。"吉米对脚步踉跄的弟弟说道，"我是想让他亲眼看到应得的报应！"

莫顿的头脑还算清醒——他踩着脚下湿漉漉的草地，走到西里身边，确认他真的死了，然后又走到被自己打中的女人身旁，搀扶起她瘦弱的身躯。

"放我下来。"那个女人说道，"你这个该死的黑鬼。"

无比懊悔的莫顿并没有辩解，没有对她说自己是一番好意。

"你就等着被吊死好了。上绞架的时候，你会想起我这句话的。"

莫顿抽泣了两声，仿佛在表示赞同。那个女人嘴里喃喃地说了几句，渐渐喘不过气来。

"你们会落到地狱的最底层，西里先生上个礼拜日刚刚参加过圣餐仪式，一定会上天堂，而你们准会一直落到地狱的最底层！"

"想喝水吗？"莫顿问道，"我给你裹张毯子吧，不要担心，口径只有0.22英寸。"

"西里先生早就知道你们会来，只是没料到居然对太太下手。不是对他，而是对太太！"

吉米仍然待在屋子里，这场疯狂的杀戮不仅没有让他感到不安，反而唤起了他的胃口。在厨房里找到一些姜味蛋糕后，他走出了屋子，不仅嘴里塞得满满的，手里还拿着几块蛋糕冲弟弟挥舞着。吉米很容易感到空虚和无聊，但他知道，自己既不是忏悔者，也不是疯子，无权拥有这些感受。

再说，莫顿有些神情委顿，他必须给弟弟鼓劲，直到他振作起来。看到莫顿给那个女人送水、盖毯子，他的心里很不是滋味："你不如把警察也叫来好了。"

吉米向莫顿保证，今后不会再杀女人。他心里暗暗松了口气，因为除了西里太太和格拉芙小姐，这个世界上再没有哪个女人值得他去动手，海斯太太不值得，特雷洛尔太太也不值得。

傍晚时分，兄弟俩感到一阵怪异的恐慌——仿佛在西里家的惨案后，两人的名字立刻在这里家喻户晓。现在，刘易斯肯定听到了风声，法维尔也不例外。

吉米不停地跟莫顿争辩着，解释着。他对莫顿说，这是一场战争。有那么多人欺侮过他，如果像个绅士一样去找每个人讨说法，只能招来对方的嘲笑。随后，他又对莫顿讲起，那些白人如何看不起黑人，如何盼着他们一事无成。

不过吉米保证，从今以后绝不伤害女人。他一边安抚着莫顿，一边暗暗地自我陶醉起来。他要闯到"以家庭为荣"的梅里瓦，一枪打死法维尔，让那些乡下妇人一听到他的名字就心惊胆战。他是专门劫掠女人灵魂的人。

然而在表面上，他又神情郑重地发誓：我不会再杀女人了，莫顿。

他给莫顿喝了点从西里家抢来的白兰地，但没敢让他喝太多，因为第二天早上，两个人必须再绕回西北方，以此迷惑那些追踪手。莫顿喝了些酒，身上泛起一阵暖意。睡觉之前，他在脸上涂满了白泥，这样一来，那些孤魂野鬼，特别是新死的鬼魂，在夜晚迷路、四处乱闯时，就无法认出他，无法把他捉走。

天明时，最先感到懊悔的居然是吉米，然而与生俱来的探路、认路和赶路的能力很快让他恢复了常态。他在漂泊无定的生活中获得了勇气，他已经远离了白人那种"耕地—播种—收获"的生活模式。

第二天晚上，两人来到维罗纳附近，发现骑警已经在那里扎营，至少有十五名警察守在附近，除此之外还有一名原住民追踪手。此时，追踪手正拿着一只方形的桶从营地的水槽里取水饮马。算他好运！

面对吉米用鲜血书写的开战声明，警方只能在他去过的地方团团打转。意识到这一点后，兄弟俩顿时振作起来。

那天晚上，尽管已经走了好几英里山路，兄弟俩还是不敢生火取暖，不过吉米却允许弟弟喝光了剩下的白兰地。莫顿轻声唱了起来：

达兰姆的勇士啊，

我们在这里，

身上穿着夜行衣，

与熟睡的草木融为一体。

我们的肩膀挡住风，

让它去别处叹息，

不要睡啊，要警惕，

达兰姆的勇士最可怕，

活人梦中惊坐起。

要警惕，

每逢月光被遮蔽，

达兰姆的勇士就要出击，

每逢星光被乌云冲散，

达兰姆的勇士……

这首调子让吉米颇为满意，歌声里听不出自嘲的意味，反倒像是莫顿在用部族的传统美化两人的所作所为。

这一周，他们终于发现了一些事情，一些能让兄弟俩团结得更加紧密的事情。

大分水岭的高处坐落着一个小村庄，这个村庄名叫布兰姆比尔，全村人都以伐木为生。在这个村子里，他们发现了一名持枪的哨兵。许多村民搬进了学校的宿舍和邮局，许多孩子，甚至是那些年纪太小、还不能上学的孩子，都在教职员工的花园里玩耍。

山上的一片空地上有座小屋，破旧得几乎没法住人。就在兄弟俩从侧面接近那座小屋时，哨兵发现了他们，并且开了枪。

此时此刻，两人的故事似乎发生了逆转——由吉米的嗜血狂欢转变为兄弟二人奋力求生。

吉米和莫顿再次翻过大山，朝西方走去。途中，两人发现一座没人的屋子，于是进去偷了点东西。屋子的主人不知去了哪里。难道今天是星期五，屋子的主人去了教堂？还是去送葬了？

尽管吉米杀了几个女人，心里还是忍不住发慌，隐隐地觉得那人一定是去送葬了。屋子的主人应该并不富裕，甚至连生活稳定都谈不上，不过屋里的物品，包括桌上的杯子、箱子里的木柴、防风灯里修剪整齐的白色灯芯等，全部摆放得井井有条。房子的主人应该是名士兵，并不是他们要对付的人。吉米并不想让屋主在去送葬的同一天还要遭受失窃的痛苦。

此时此刻，吉米还没有意识到，自己变成了人人厌恶的瘟神，毕竟他的手边连份报纸都找不到。

看到屋里的茶罐、糖勺、果酱罐等生活用品，莫顿的精神再次振作起来。虽然是以窃贼的身份闯进来，但在触摸这些物品时，他的心里却是清清白白的，没有丝毫不轨。至少在他们离开后，屋子里的摆设仍然是整齐的，更没在墙上留下血迹。

在道伊·斯戴德看来，他和他的伙伴们就像是一支突击队——就像是南非新成立的那支搜捕狡猾的布尔人的突击队。西里家的惨案发生后，他们第二天就赶到了现场，这充分证明了他们的机动能力，惨案也在很大程度上坚定了几个人复仇的决心。不过他们并没有直接接触到案发现场留下的证据。验尸官知道，通常情况下，如果孩子被害一定会引起轰动，而西里那个惨死的孩子更会引起轩然大波。于是，他发了一封电报，并在电报中明确指出，只有直系亲属才能看到案发现场的遗体。因此，道伊在西里家没有得到任何证据，受伤的女人也没有给他提供线索。

至于警方的骑警中队，他们并没有被派往开普敦，而是被派到达博去搜捕吉米。当骑警和热心的志愿者们循着布莱克史密斯兄弟的足迹向西搜捕时，他们只差一天的路程就可以追上吉米这个杀人狂魔。众人相互安慰说，这充分说明了他们的能力。

　　不过道伊并不糊涂，他一直在担心众人会白忙一场，如果不能抓到凶犯，他的五英镑便等于打了水漂。

　　"我在想，布莱克史密斯是否知道有电报这种东西。"他说，"吉尔甘德拉可以直接向悉尼发报，梅里瓦也可以，如果他知道的话，最可能逃往那些不能直接发报的地区。"

　　"这个我倒没想过。"都德·艾德蒙斯说道。

　　"他应该没有这么聪明。"托班说道。

　　夜晚露营时，有些人在闲谈中流露出一种态度，他们似乎把这场搜捕当成了为在非洲发生的战争而进行的演习。这些人可不像1897年为吉米提供传单的农业办公室职员，这些人的地产足有几十万英亩，除了托班以外，其他几个都是大英帝国的忠实追随者。

　　"让我纳闷的是，为什么在去南非打仗的那些人中，有那么多都死于疾疫。"

　　"是啊，想要对付布尔人，必须冒着染病的风险。那些病死的人全都被列在名单上，可名单上却没交代，这些病死的家伙杀过多少布尔人，是一个，还是他娘的一群。"

　　"英国士兵只杀死过几个布尔人而已，哪里谈得上一群。"托班颇为得意地说道。

"谁都逃不掉的，看看《先驱报》上列出的死亡名单就知道了。布里格斯，二等兵，死于伤寒；布朗，二等兵，死于重伤；琼斯，下士，死于伤寒；史密斯，二等兵，死于伤寒；蓬斯·麦吉利卡迪，上尉，死于伤寒……这名单长得没边。这哪里是跟布尔人打仗，分明是跟疾病打仗——大英帝国对阵腹痛的战争。照我看，征兵的地方应该挂个牌子，上面写上：但凡加入大英帝国军队者，必须手刃布尔人。"

作为一名爱尔兰流放者的后裔，托班的回答实属意料之中。

"这是英国人的战争，跟我们没关系。如果死的是澳大利亚人，不管战死还是病死，都很可惜。这里会施行联邦制，成为世界上一个强大的地方。我们的地方就是我们的地方，跟英国是两码事，否则我们的父辈、祖辈跑到这里来干什么？"

"一起唱啊，啦哩——哦啦哩——啊滴。"不知是谁哼唱起了一首关于囚犯的歌曲。

"雷诺兹神父刚从罗马回来。你们知道的，他是个血统纯正的爱尔兰人，而且是个正派的人。他说英国的股票在欧洲跌得很惨，甚至连一磅黄油都买不到。"

人群中顿时爆出一阵嘘声和口哨声，仿佛在对托班说，因为他精于马术，酒量甚佳，而且笨头笨脑，众人已经不再把他当作外人，不会因为他反对君主制和天主教而排斥他。

"哦……亲爱的爱尔兰人，你听到了吗？"众人齐声唱了起来。

一阵喧闹之后，有人说道："托班说得也没错，有好多人同情布尔人呢。他们想要的，不过是保住自己的地盘，把黑人控制在黑人自己的地方。咱们今晚之所以聚在这里，不也是为了同样的目的吗？布尔人是想把黑人拴在他们原有的贫瘠领地上。要不是咱们执意给黑人穿上衣服……我是说，咱们这里的黑人比南非的黑人还落后，要不是咱们执意要改造他们，想把他们变成欧洲人，那……"那人似乎生怕引得道伊伤心，咳嗽了几声又说："哎，你们明白的。"

"布尔人挑战了大英帝国的权威，他们的挑衅行为更是对女王的侮辱。"道伊终于开了口，语气里透着一丝鳏夫独有的权威。不过他的言辞并不华丽，卖弄辞藻的机会通常会留给托班。

"很抱歉，道伊。我尊重你发言的权利，但我必须指出你这番话的漏洞。"自命不凡的"挑错人"托班反驳道，"我说的是，关于侮辱女王的事情。设想一下，如果一个因纽特人在他的雪屋上写一些辱骂女王的话，你会大老远跑到北极去开枪打死他吗？肯定不会。布尔人跟我们差不多，是一群十分坚忍的人。如果没有他们，就没有现在的南非。同样的道理，如果不是因为我们的先祖遭受欺压，被赶出了英国肮脏的城市，被暴君流放到这里，今天也不会有澳大利亚。"

托班一本正经的自问自答又一次引起了众人的讥笑："从哪里被赶出来的，托班？那些人是从哪里流放过来的？那个国家发生了什么事情？噢，原来又是那群天主教徒，是他们驱逐了可怜的新教教徒！"

"可怜不可怜，用不着你担心。我们的先祖在这里自在得很。在澳大利亚，我们活得像国王一样逍遥。这些是拜谁所赐？女王？我的祖母在凯里只种一英亩半的地，我的父亲现在经营着两千英亩的牧场。不说别的，单说我们今晚吧，骑着马出来，像骑士一样追捕……"说到这里，托班的脸色渐渐凝重起来，就像几秒钟前说错话的那个年轻人一样。

"……我无意冒犯，道伊。咱们一定会抓住凶手，为那几个女孩报仇。"

"别再说了！"有人叫了一声。托班顿时闭了嘴，刚到嘴边的话仿佛消失在下巴投下的阴影里。道伊紧紧地闭着嘴，一言不发，众人会把这个表情理解为悲伤的表现。他暗自克制住命令所有人闭嘴、不准再说丧气话的冲动。几乎所有人都知道，睡过黑女人会遭到什么样的报应，就连托班也不例外。这一点，他无论如何也怪不到大英帝国驱除囚犯的恶行上。

在马瑟尔布鲁克，尼维尔先生告诉妻子说，他想赤手空拳地去追捕布莱克史密斯兄弟。

他时常会不由自主地慨叹说："哎，可怜的吉米！"而每次尼维尔太太都会问："可怜的吉米？这是什么意思？"她的语气仿佛在暗示：如果早知道你会同情杀人犯，当初真不该嫁给你。

《邮报》上刊出一篇特别报道，上面还附了一张1898年纽比一家过圣诞节时的照片。每次看到这篇文章，尼维尔太太都会垂泪不止。

"多恩爱的一对夫妇啊。"尼维尔太太说道。照片上，纽比两个女儿的脸部被白色的十字架遮掩着。

"才这么小，才这么小。"尼维尔太太叹息道。

"那是她们小时候的照片。"尼维尔先生说，"从1898年到现在，她们已经长大了不少呢。"

"是啊，是啊。"

报纸上还有格拉芙小姐的照片：坚毅的面孔，浑圆的肩膀，挺拔的胸部。

尼维尔先生不是傻子，他能深刻体会到吉米目前的处境有多么糟糕。作为一名颇具天赋的神职人员，他自然明白"沉溺其中、无法自拔"的感觉。如果当初忍不住诱惑碰了哪个黑女人，如今他也会沉溺于花天酒地的生活。只要犯过一次错，就会一而再、再而三地错下去。

《邮报》还登出一张布莱克史密斯太太的照片：吉尔达穿着破旧的长裙，凌乱的头发草草盘成个卷，两只眼睛被闪光灯晃得闭了起来。这时，尼维尔先生突然想起一件事，胃里顿时感到一阵反搅。他还记得，当初自己曾亲口劝过吉米，要他找个白人女孩。照片上的女孩看起来是那么蠢笨和普通，没有半点韵味。不知尼维尔太太是否还记得这件事？但愿她还记得。

在吉米大肆行凶后的两周内，许多葬礼恰好在尼维尔先生的教区内举行。超越葬仪上的言语，尼维尔先生感到他既相信死后的寂灭，又相信在神的注视下存活。

同样令他难以置信的是，吉米居然会四处作案，戕害妇女。

在悉尼，春天的气息渐渐浓厚起来，但西北方依然春寒料峭。海博里先生的顾客们大多患了感冒，就连泰德·克鲁纳也不例外。此时，他正靠着肉铺消过毒的墙壁，不停地用手帕擦着鼻涕，胳膊下夹着一张叠好的《体育纪事》。

"他们又发现两名死者，"克鲁纳冲着铺子里叫道，凑巧的是，这一次，那位耳背的老太太仍然是肉铺里除克鲁纳之外唯一的顾客，"一个女人，还有她的男人。估计用不了多久，你就要……开工了。我是说，绞死那两个杀人犯。"

"目前还没有听说他们受审的消息。"海博里先生十分绅士地答道。

在克鲁纳看来，海博里先生这副恭谨的嘴脸实在让人难受。海博里先生甚至复印了一份《食品卫生法》贴在墙上。

"是的，没错。不过，但愿上帝保佑，希望他们一个都逃不掉，一定会……你之前吊死过女人吗？"

"没有。"

"吊死女人的话，或许会碰到棘手的事情。"

"您说得没错，克鲁纳先生。因此我绝对不会去做这种事，就算女王亲自下令也不管用。"

海博里先生的两个儿子正在他身后专心致志地切肉，连头都没有抬一下，似乎早就有人告诉他们，没准哪天他们的父亲会和维多利亚女王发生冲突。

"就算一个女的杀了人，你也不会吊死她？"克鲁纳问道，"我的意思是，杀人犯就是杀人犯，是男是女，没有什么分别嘛。"

"区别可大着呢，克鲁纳先生。判了刑的女人可能孕育着新生命，不管这生命的源头多么卑贱……"

"你是说，她可能会怀孕？在监狱里？"

"监狱可不只是囚禁犯人的地方，克鲁纳先生。"

克鲁纳的脸上顿时露出一副——或装出一副——吃惊的表情，他从胳膊下面抽出那张份《体育纪事》。这个动作让肉贩有些担心，生怕他会故技重施，用报纸上的文章来难为自己。

"可是你在接受采访的时候却说，"克鲁纳低声说着，脸上露出一丝狡诈的神色，"即便是不能生育的老太太，你都不会手软。不论典狱长做事多么不计后果，你还是会吊死犯人。"

"我绝对不会对老太太下手。毕竟她诞育过生命，这点值得我尊敬。"

克鲁纳哈哈大笑起来，笑声中充满了质疑，听起来十分下流。说到底，他始终不相信海博里先生是个正直磊落的人。

不过海博里先生这天心情不错，不打算跟克鲁纳置气。平常人的确很容易产生一种推论，认为刽子手会对人性和死亡有深刻的理解。他虽然不是杀人如麻的恶魔，但毕竟处决过那么多犯人，手法是那么利落。

事实上，行刑的过程十分简单：海博里先生会在行刑前一天来到监狱，透过水泥狱墙上的暗孔观察一下犯人，一般不会超过五分钟，典狱长也会帮他把握时间。随后，他会检查一下绞架，调整绞索，看看是否足够结实。最近几次行刑前，他会慎之又慎，花上两个小时的时间来做准备。确保一切准备停当后，他就会返回家里，如果是在郊区行刑，他会住在旅馆。回到家后，他会喝一杯双料威士忌，然后早早睡觉。若是住在旅馆，他会在酒廊里喝上三杯苏打水调制的威士忌，读一读《伦敦新闻画报》之类的刊物，十点钟就去睡觉。

第二天清晨他会被人叫醒，然后开始喝早茶、刮胡子，但不会吃早饭，整个过程平静得出奇。

六点三十分，会有一辆马车把他送到监狱，他会再次检查一遍准备工作，但不会去看犯人。七点到八点之间，他会跟典狱长聊聊天，偶尔牧师也会加入。

监狱里的牧师大多做不长久，所以海博里先生总要不厌其烦地向新来的牧师解释，说明他和牧师、典狱长、医生以及法定见证人之间的关系。

死刑犯大多十分安静，或许是因为被注射了镇静剂，或许是因为得知死亡来临的具体时间后，他们已不再觉得害怕。他从没问起过是否真的使用了镇静剂，这不是他该操心的事情。

走上绞刑台后，海博里会站在左后角，走过来的死刑犯大多会避开他的目光。有些时候，犯人在受刑前是可以讲话的，但如果说出对上帝不敬的话来，就会立刻被人阻止。

接下来，两名看守会缓缓架起犯人，来到绞刑台中央。海博里会迅速走到台前，套好绞索，给犯人戴上面罩。三秒钟后，他会扳动把手。虽然踏板落下时会发出噼啪声，但并不总能盖过颈骨断裂的声响。

在海博里先生看来，行刑没有任何神秘之处。由于他的手法太过利落，一些旁观者甚至会感到纳闷，不知为何要这样迅速。

因此，他的确没有什么"内情"可以透露给克鲁纳，没有下流的故事，更没有关于死亡的哲思……只是在吊死那个上了年纪的黑人时，发生了意外。

　　不过克鲁纳早已知道了那件事。

第
十
一
章

　　西里农场发生惨案后的第十二天，布
莱克史密斯兄弟仍然在森林里逃亡。他们
渐渐对森林产生了厌倦。山艰路险，崎岖
难行，即便向下行个几百乃至上千英尺，
还是很难找到下山的路。一路上没有任何
收获，单调得令人产生一种不真实感，此外还要时刻想着赶在追
兵前头，兄弟俩走着走着便厌烦起来。

　　若是敌人穷追不舍还好些，至少会给他们足够的动力迅速逃
走，甚至是冲破武装骑警的重重围堵。

　　只有在饱餐一顿或是烤火取暖时，他们心里才会好受些，偶
尔还会睡个懒觉。有那么几次，莫顿提出要去找女人。

　　吉米觉得这个主意不错。于是，两人便在一天晚上趁黑摸进
了皮尔巴拉黑人聚居区。这里住着一个名叫南希的女孩，是莫顿
的老相识。当然，这样做是相当鲁莽的。然而在山里闷了太久，
他们不得不出来接触真实的世界，了解一下搜捕的进展，亲眼看
看恐慌蔓延的小镇。

　　就这样，他们大摇大摆地敲响了南希的家门，凑巧的是，南

希的丈夫这晚不在家。事实上，他在家与否都不打紧，因为他是个热情好客的人，或者说，是个特别胆小的人。

两个孩子都在家里，一个是黑白混血，名叫赛门，另一个是纯正的原住民血统，名叫彼得。南希把两个孩子叫到一旁，脸色郑重而亲切地嘱咐了几句。兄弟俩听她对孩子说道：

"这两个家伙凶得紧，搞不好会抹了你们的脖子。你们俩快点出去捉袋貂，过几个小时再回来，明白吗？别在外面惹事，要是被哈罗盖特警官碰上，准会用枪崩了你们俩。快去吧。"

"哈罗盖特警官是谁？"莫顿一边脱衣服，一边问道。

"每个黑人聚居区都有一个警官，防止那些愤怒的白人拿黑人出气。最近镇子边上经常有白人骑着马经过，手里都拿着步枪。"

南希漫不经心地脱起了衣服，神色间看不出半点恐惧，只有默默的温情——对两个杀手的温情。霎时间，吉米喉头一哽，两行泪水流了下来。

这是意料之外的恩赐。

莫顿突然扑在南希身上，放声大哭起来，哭声响亮得令人担忧。在南希的柔声抚慰下，他渐渐安静下来，像个孩子般吮起了她的乳头。

"你知道我们都干了些什么吗？"莫顿哽咽地问着，嘴里贪婪地吸吮着。

"知道。你们砍死了几个人，对吗？你不会把我也砍死吧，莫顿？"

莫顿再次嚎哭起来。南希安慰着他，要他小声些。

吉米本想等一会儿，等轮到他时再趴到女人身上哭泣，只是心中的懊悔再也压抑不住，双腿一软跪在了地上，浑身不住地颤抖起来。此时此刻，他感受不到对纽比一家的恨意，感受不到丝毫胜利的喜悦，昔日纽比对他的评判仍像阴云一般笼罩在心头。

事实很明显，他仍然只是个可悲的受害者。想到此处，吉米痛苦地弯下了身子——就像西里先生临死前的姿势。

就在莫顿大汗淋漓地满足着身下的女人，取悦着母性十足的南希时，吉米则张着嘴，静静地躺在地上，一动也不能动。他甚至认为自己再也无法挪动身体，除非有人持枪包围这里，逼着他投降。

事实上，的确有人持枪包围了这里，也的确有人在屋外喊话，劝他投降。

原来，当初跟马利特喝酒时，醉醺醺的莫顿曾对他的女人提起过皮尔巴拉。听到凶犯在逃的消息后，马利特立刻报了警。

于是，在法维尔的带领下，一小队警察和几名村民朝村子里赶去，途中恰好遇到朝西追赶的道伊等人。通常情况下，众人不会仅凭马利特一句话便如此兴师动众地包围一个村子。但这次不同，他们面对的是布莱克史密斯，上百号人不远千里赶过来，正是为了缉拿这名凶犯。

途中不断有警察和志愿者加入，法维尔的队伍逐渐庞大起来。

当晚十一点，兄弟俩都已入睡，南希走到门口，掀开麻布门帘朝屋外望了望，她想看看两个孩子在不在外面，是否正等着她招呼他们进去。

可她看到的却是这样的场景：聚居区的中央燃起了一堆篝火，男人们全被赶到了最南边，由持枪的警察和志愿者把守。看样子这场行动已经持续了一段时间，院子里火光熊熊，人头攒动，却听不见半点声息。

兄弟俩听到消息后，立刻拿起了步枪和弹药。四下里一片寂静，仿佛连土地凝霜的声音都听得一清二楚。

"把吃的东西都带走。"看到两人似乎随时都准备冲出去，南希乞求道，"毯子也别留在这儿。求你了，莫顿，这些东西留在这儿，我会有麻烦的。"

莫顿禁不住她的哀求，开始收拾起毯子和食物，仿佛是一位被妻子反复催促的丈夫。

"背这些东西做什么？想飞过大山去？"吉米说道。

莫顿摇了摇头，放下了手里的东西。

"别这样对我，莫顿！我对你们够义气的了！"

然而吉米早已用枪管挑开门帘，开始向外瞄准。过了一会儿，两人悄悄溜出门，朝北侧较暗的方向跑去。吉米的心里充满了对死亡的恐惧。

门帘后，一双眼睛朝着他们离去的身影望了望。两人可能会死得很壮观，一旦被人发现，用不了十秒钟，埋伏在周围的人马便会万弹齐发。吉米知道自己必死无疑，只觉得从喉咙到胃里，没有一处不干涩。既不敢乱动，又不敢住脚，进退两难之际，他终于想起女人的鲜血会带来恶报，残杀处女会受到神灵的惩罚。

不过他还远远没有做好准备，不知该怎样去面对死亡。

吉米几乎无暇去考虑莫顿的感受，内心已经完全被恐惧和宿命思想占据。达尔茜那个糟糕的白人妞头，似乎把所有的宿命思想都遗传给了他。吉米的身上早已冒出了冷汗，不过在旁观者眼里，兄弟俩正沿着北侧房屋的阴暗处快速地移动着，根本看不出任何怕死的迹象。

这时，一件无法解释的怪事发生了。在弥漫着恐怖气息的地方，经常会发生这种怪事。

年轻的白人托班恰好暴露在兄弟俩的视线里，或许他只是想上前一步，看一眼篝火而已，不料这一步却暴露了自己的位置，而且他的手里正拿着一把霰弹枪。

莫顿就在不远处。这样近的距离，他只需要把枪口压低，一枪就能打中这个白人的肚子。一声枪响后，托班倒在了地上，嘴里发出了女人般的哀嚎。不到一秒钟的时间里，鲜血已经把周围的土地染得泥泞不堪。

霎时间，人群四散奔逃，女人的惊呼声中夹杂着白人浑厚的呼喝声。吉米和莫顿待在原地没动。托班的哀嚎已经停止，嘴里发出一阵阵低沉的呻吟，两眼睁得很大，身子一动不动。

此时此刻，莫顿早把西里夫妇的惨死抛诸脑后，开枪后便重新填装了子弹。看到弟弟丢掉了往日的纯真，吉米顿时感到一阵欣慰。

"上帝啊！"托班叫了起来，"别开枪，或许我还有救！"

莫顿没有理会，一枪打爆了他的脑袋。

兄弟俩静静地站着，感受着周围的嘈杂与纷乱。又是一条人命。但这一次，他们杀得足够痛快，全部过程只用了七八秒的时间。这一次，兄弟俩打死的是追捕他们的"猎手"。

接着，两人一言不发，拔腿朝东边的高地跑去。左侧偶尔会飞来几颗零星的子弹，右侧则传来令人无比厌恶的马蹄声——追兵就在身后几码远的距离。跑了半英里左右，兄弟俩藏好步枪，爬到了一棵薄荷树上面。闻着这阵熟悉的味道，吉米回想起了童年时光，想起了痛苦的割礼，想起了循道公会。

两人躺在茂密的枝叶间，小心翼翼地调整着呼吸。劫后余生的兄弟俩心神俱醉，似乎每一次细细的喘息都会带来无比的快慰。

两人都光着脚，鞋子、食物、毯子都扔在了南希的屋子里，南希免不了要苦苦解释一番，因为像法维尔这样的人，绝对不会轻易放过她。

"你啊，还有你那该死的女人！"吉米轻声骂了一句。

即便是躲在树上，莫顿依然不改飞扬跳脱的本性，虽然大气也不敢喘一口，却还是偷偷地笑了起来。他并不记得，也永远不会记得，促使他杀害托班的冲动并非源自内心，而是受到外部的影响，但他却不无得意地认为，这股力量来自古老的部族血统，是平日里殷勤参拜神灵的结果。这场与敌人面对面的较量让他十分满意，况且对手是个男人，这足以令他焕发新生。

五个白人和一名警察骑马追了上来。发现前方堆满了巨石后，他们满心疑惑地转向右方，勒住了手里的缰绳。警察和两个白人下了马，俯下身子悄悄地朝巨石堆走去。另外三个白人也下了马，手里端起了步枪，只要布莱克史密斯兄弟从什么地方窜出来，他们就会毫不犹豫地开枪。

什么都没有发生。

没有人被打死，也没有人从身后窜出来。警察和白人只好转身上马，一行人朝南方行进。

兄弟俩从树上爬下来，在巨石的掩护下飞也似的逃走了。两人尽情地跑着，很快便来到了马匹难行的山野地带。对于他们而言，崎岖陡峭的山路已经具有了完全不同的意义。天气依然十分寒冷，吉米能清楚地感觉到，身体的热量正一点点耗散。

爬到两千英尺的高度，两人停了下来。山下点起了一排排的篝火，但他们不敢生火取暖。等到第二天篝火燃尽时，追捕他们的人就会爬上来。莫顿一句话也没说，默默地躺在冰冷刺骨的土地上睡觉了。在吉米看来，弟弟的沉默或许并不是因为身后的追兵，而是另有别情。

大山的另一侧干旱而贫瘠，兄弟俩只好分头到岩壁间找水喝。

吉米找到一道近乎干涸的瀑布，若是在雨季，这里定然水流丰沛，但此时的雨水大多落在了马利特生活的区域，根本无法越过大分水岭在此处汇集成流。

尽管这里的水有股淡淡的腐烂植物的味道，但好在清冽爽口。吉米喝了些水便去找莫顿，估计弟弟的运气也好不到哪里去。

微露的天光中，一棵棵香桃木显得无比阴森，仿佛一个个目击者正满脸嘲弄地望着他。

莫顿站在昨晚睡觉的地方，神情激动地听着法维尔带领大军上山的声音。他的脸上涂满了白色的泥土，仿佛随时准备在这个清晨迎接死神的到来。

吉米见状心头火起，走过来喝道："你在搞什么鬼？"

莫顿仍然保持着倾听的姿势，嘴里却用部族语言说道：

"敌人发现咱们了。不是要杀白人吗，用不了多久，就会有很多白人可杀。这是部族对部族的战争。咱们可以大开杀戒了。"

"可他们也不会手软的。"吉米说道。

"至少我们死得很英勇。日后白人谈论起来，一定会提起达兰姆人是多么英勇。"

听到这番话，吉米差点就要放弃抵抗——他早已用行动证明了自己，何苦还要继续残杀下去？

"可我们还要活着，要向白人证明，咱们不是只会残害女人的凶徒。"

"他们早就知道了。你杀了纽比家的男人，而且杀得正大光明，不是吗？"

听到正大光明几个字，吉米顿时感到一阵惭愧，但转念间，一阵怒火燃了起来：经历过西里家的惨案后，莫顿准是猜到了纽比家发生的一切，然而他太过执拗，对于吉米的种种恶行，他根本无法理解，也无法完全接受。

"纽比家的两个儿子没死，纽比那个老家伙也没有。"

"什么？你说什么？"

"死的不是纽比和他的儿子。"

莫顿猛地站起身，一张"鬼脸"对着吉米。

"死的是纽比的老婆子、两个女儿，还有那个该死的女教师。"

莫顿沉默了几秒，随后骂道："魔鬼，你他娘的就是个魔鬼。"

"我是你哥哥，我只是气疯了……换作谁都忍不住……快走吧，咱们要找点吃的，还要弄两张毯子。"

莫顿一言不发，一动也没动。

吉米哼了一声说道："我要告诉白人，我不是个只会杀女人的凶徒。"

"你是该死的魔鬼。他们早就知道了。"

"我是你哥哥。你也冲着女人开过枪啊！"

"那是意外！"

"我杀女人也都是意外。"

"你最好离我远点，魔鬼。最好滚蛋。"

"好，我滚，你就待在这儿装你的绿林好汉吧！他们会把你打成筛子的。"

"无所谓。我会告诉他们，我们不是专杀女人的凶徒。"

"好，你去死吧。"

兄弟俩对望了二十秒钟，一阵白人的叫喊声打破了两人间的沉默。吉米这时才发现，在那层厚厚的白泥的掩盖下，莫顿正竭力忍着泪水。他还只是个孩子，一个天真的灵魂就这样被哥哥绑架了。

最终，吉米·布莱克史密斯先生开始缓慢地向山上跑去。一分钟后，他听见莫顿跟了上来，涂满白泥的脸上多了四条手指划出的斜印。

待到天光放亮，鸟雀开始鸣叫时，莫顿似乎有些认命了。过了好一阵，他突然说道："当初你要是娶个蒙哥拉女人，这一切都不会发生。所以说，达兰姆的男人只能娶蒙哥拉的女人。"

"放屁。"吉米·布莱克史密斯先生粗鲁地骂道。

这天早上，为了故布疑阵、掩盖行迹，兄弟俩在山上找到两头母牛骑了上去。莫顿又开始笑了，骑在母牛光滑的背上颠来颠去，几次险些掉下来。他再次恢复了飞扬跳脱的本性，动作也变得愈发敏捷起来。一头小牛崽一路小跑地跟在身后，两只大眼睛里充满了迷惑，不知兄弟俩为什么要用如此怪异的方法对待它的母亲。

中午时分，他们来到一条清浅的小河旁。两人并没有试着翻越大分水岭的主峰，而是转向东北，再次沿着草木丛杂的树林朝巴灵顿山赶去。

一路上，兄弟俩异常兴奋，仿佛刚刚完成了一场英勇的突围，就连不久前良心发现的莫顿也不例外。对于莫顿身上流露出的浓厚亲情和无比的忠诚，吉米感到一丝轻微的不安，心里似乎总有个疙瘩没有解开。

下午三点钟，他们穿过浓密的草丛，来到一片空地上。眼前出现一栋小房子，房顶的烟囱正冒着烟。院子里拴着一匹白马，一匹无比肥硕的白马。马肚子上的毛近乎落光，光秃秃的下颌上只剩几撮参差不齐的白毛。这匹马少说也有二十岁，想来是主人心软，不忍杀掉或卖掉。

散乱的木柴中间整齐地摞着一堆劈好的桉木，一根晾衣绳上晒着女人的睡衣。阳光被茂密的雪松和葱茏的桉树所遮掩，斜落在睡衣上。

兄弟俩绕着小屋转了一圈，发现屋子保养得很好，屋主或许是个伐木工，也很可能是个守财奴。吉米早就听说过，这一带有不少守财奴。据说附近的河床里埋藏着不少冲积金矿，山林里隐藏着一条条价值不菲的石英矿脉，淘金人早就把矿脉的位置记在脑子里，挖出的金疙瘩会被装在麻包里，藏在地板下方。

然而莫顿的注意力却完全放在了那件女人的睡衣上。

"动手吧。"莫顿说着，又不忘唠叨道，"记住，这次别再杀女人了。"

吉米没有进屋，而是绕到了一片树丛后面。他不知道自己在等什么，只是隐隐地觉得，他有义务杀掉每一个势利鬼、每一个吝啬鬼。

作为一个"心肠慈软"的杀手，他首先要把自己看作一位牧师或是一位法官，然后才能开始行凶。屋子保养得如此完好，一匹老马喂得如此肥硕，屋主或许不是什么善类。是善是恶，只消看看对方的反应就能明白。他要先给对方定好罪名，然后再履行自己的职责。

对吉米而言，如果不选择继续行凶，他就只能对过去的罪孽不断地忏悔，别无选择。

"还是换个人家吧。"莫顿说着，转身朝树林里走去。午后的林子里一片乌蓝，潮湿的土地上感受不到丝毫温暖。

他们已经一天没吃东西了。

吉米一直在犹豫，等待着心里涌起一股使命感。在使命感的鼓舞下，他可以毫不犹豫地扑向任何人。但此刻他最担心的是，如果拼到了紧要关头，谁能保证白人不使诈，乖乖地任凭屠戮呢？

这时，屋子里走出一个身材魁梧的老人。他在门口站了一会儿，扯起嗓子冲屋里喊了起来。这人应该只是嗓门大，倒并非发现了什么。接着，老人挥起斧头劈起了木柴，干得十分起劲。

布莱克史密斯兄弟不由自主地走出树林（自从西里家的惨案发生后，两人已经失去了自我控制），来到院子里洒满阳光的一个角落。

那人很快发现了他们，忙把斧子横在胸前，直起身子。这人的年纪的确不小，少说也有七十岁，但外表看来却并不枯槁，他鼻梁高挺，一侧嘴角微斜，胳膊内侧青筋凸起，两只手大得令人难以相信，手背上布满了一道道血管、皱纹和伤疤，显然是砍伐过不少高大的树木。

吉米隐隐地觉得，之前的那番担心似乎就要应验了。

"你们是布莱克史密斯兄弟，对吧？"老人高声问道。

"没错。"

"杀了不少可怜的女人。"

"我们不会再对女人动手了。"莫顿说。

"这话你跟警察说去。"

"我们昨晚杀了一个男人。"吉米不失时机地补充道。

"但愿上帝会宽恕你们！"

接下来，老人继续劈起了木柴，斧刃避开木头上的节瘤，向旁边砍下去。

很快，他再次直起腰——双手并没有抚着腰眼——望了望兄弟俩，直挺的鼻子让人联想到先知或将军的形象。

"我家里只有个卧病不起的老婆子，六十五岁了，你们不会连她也要杀吧？"

老人虽已七十多岁，看起来却是一副英雄胆色，神情里看不出半点恐惧。除非对方立刻开枪，否则他定然会跟两人斗上一斗，绝不甘心做个受害者。他比两人年纪大很多，经验自然也丰富得多。

"我们没吃的了，想跟你要点食物，还有毯子。"吉米虽然感到了威胁，但想到手里有枪，旁边又有弟弟帮忙，胆气自然壮了不少，"两张毯子就够了，再来点牛肉、茶叶，还有羊肉。"

"凭什么给你们吃的？你们这两个魔鬼。"

"听着，你最好带我们进屋去。"

"噢，我倒忘了。你们俩最擅长在屋里作案。"

"让我们进去吧，先生。"莫顿请求道。

屋子里生着一堆火，融融的暖意烤得兄弟俩十分舒服。房子里只有一个房间，角落里放着一张带着铜把手的床，一个身形瘦小、脸形尖瘦的老太婆躺在床上。屋子中央立着一根柱子，上面挂着一个储肉箱。吉米看了看床上的女人，打开了箱盖，只见里面装着两块烤好的咸牛肉，其中一块已经吃了一半。吉米把另外一块取了出来。

"有粗麻布吗？"他问道。

"干吗不自己找？"老人说道，"这两个家伙就是布莱克史密斯兄弟，孩子他娘。别担心，他们不会伤害咱们的。上帝不会让他们得逞的。"这番安慰的话既是说给妻子听，也是说给兄弟俩听。

没想到一个老头子居然敢对自己呼来喝去，吉米一怒之下，将炉架上的瓶瓶罐罐洗劫一空，只给老夫妇留下一两顿口粮。

莫顿满脸歉意地拿起老人的步枪看了看 —— 枪杆和枪头处都用铁丝拧着，或许已经不能使用。接着，他又踢了踢地上的捕兽夹。

吉米把大米、牛肉和薄脆饼干凌乱地包在一起，然后走到了床前。

"毯子你不能拿，现在虽然是九月份，可住在山上会着凉的。我们这些铺盖也就将将够用。"

"可我们连一张铺盖都没有。"

"我们的毯子是辛苦工作换来的。"

"孩子他爹，让他们拿去好了，毯子给他们。"女人裹着床单，一边不住地咳嗽，一边喃喃地重复着，听起来仿佛是在祈祷。

"好！"老人无奈地说道，"与其在这里冻死，还不如一枪打死我们算了。"

"你们这里明明生了火！"吉米指着火堆怒吼起来。

"我们当然要生火，这山上又潮又……"

老人的每一句话都是那样强硬，在吉米看来，他没有在过去的几十年里被人打死，已经算是个奇迹。换句话说，他这样的性格居然没去做大主教或是首相，也算得上是个奇迹。

吉米抢过一张披肩，又扯走了一张薄薄的毯子。

"这些东西，是我们必须要用的。"他对老人说着，语气近乎哀求。抢了一对年迈的夫妇，他的心里毕竟有些过意不去。这对夫妇应该早些出现的，果真如此的话，就不会发生纽比家的惨案，吉米也不会渐渐陷入疯狂。

第十二章

与此同时，身在达博的布莱克史密斯太太被释放了。她的头发被挽成小圆髻，身上穿着压花绿色长裙。法庭虽然没有提起公诉，却采用了另外一种形式限制她的自由。

慈善会的两名修女将她带上一辆封闭式马车。一名性情开朗的爱尔兰修女不停地用手指触着孩子的下颌。

"可爱的小鸽子，"她说道，"等你出了监狱，年纪还轻着呢，比我那儿那群人强多了，她们可不会这么年轻就被放出来。她们会嫉妒你的。没错，一定会的，可爱的宝贝。"

说着，她拿出一条褐色的布带，带子的两端缝着毛毡做成的方片，上面分别绣着圣母马利亚和圣子耶稣的头像。她把带子围在孩子的脖颈上，一个方片放在胸前，一个放在背后。

吉尔达的眼里充满了泪水。作为一个母亲，她本该阻止修女这样对待孩子，可她的泪水根本没有任何威慑力，而且头顶的大草帽将这泪水遮蔽在阴影里。

托班的葬礼结束后，道伊的伙伴中有三人提出要回家，然后便各自离开了。当然，他们这样做并非是惧怕布莱克史密斯兄弟，而是因为在托班去世后的第二天中午，每个人都意识到了这样一个事实：不论有多少人参与搜捕，不论搜捕得多么卖力，一时半会儿都不可能抓到他们。

离开的三人中，有一个年轻人要去参军，另外两个要回去打理父亲的农场，不论他们走到哪个镇子，家书总是一封接一封地尾随而至，几次三番地催促他们早日回家。

十月份，布莱克史密斯兄弟翻过大分水岭，来到了大山西侧。他们趁着夜色在塔姆沃思盘桓了一阵，然后取道西北，朝着平原上的小镇威瓦和冈尼达逃去。

兄弟俩选在晚上赶路。最近两日雨水不断，他们只好躲进了一个农夫的草料棚。农夫颇有先见之明，早把干草堆得老高。吉米和莫顿便躲在温暖舒适的草堆里，听着屋顶滴滴答答的雨声，接连避了两天。

布满灰尘的走廊里堆满了上个季度的草料，一捆捆稻草的缝隙中偶尔会传出老鼠或黑蛇的声响。每次听到响动，莫顿就会坐起来听上几秒钟，在确认安全后才会摊开四肢，躺在铺好的毯子上。由于屋顶是铁皮铺成的，草料棚里十分窒闷，莫顿只好脱掉上身的衣服，只穿一条裤子。任何东西——比如说，田鼠——都会引起他的警觉，这种情况是从来不曾有过的。

星期五的后半夜，兄弟俩朝着屋主的小房子走去。房子里亮着灯，一个西装笔挺的小个子男人刚好走出家门。他抬头望了望天，似乎对这满天的星斗颇为赞许，借着微弱的星光，他取出了帽子里的硬纸壳——那是一顶崭新的帽子，纸壳是用来防止帽子变形的。

小个子男人显然要去塔姆沃思做些什么。兄弟俩在暗处望着他，吉米的心里充满了妒意。

屋主走后，兄弟俩在他的屋子里待了整整一天。

莫顿刚一进屋便去找地方睡觉，而吉米则在屋子里找到一个报纸架。最上方放着一份《先驱报》，出版时间是1900年9月30日，最下方是一份《邮报》，出版时间是1899年5月1日。借着熹微的晨光，吉米漫不经心地翻看起来。他最想看到的，是提及他的罪行，但又不会让他产生矛盾心理的报道。他可不想再次陷入混乱。

首先看到的是一篇关于托班去世的报道。令吉米满意的是，他终于知道了对手的名字。

弗兰克·托班不慎中弹身亡，成为布莱克史密斯兄弟一案的最新受害者。

托班先生本是道伊·斯戴德支队的一员，案发当晚，警察和志愿者根据群众举报的线索，包围了皮尔巴拉的原住民保留地。当时，托班先生接到命令，从保留地一侧赶向另一侧增援，在保留地北侧民房处遭遇布莱克史密斯兄弟，不幸中弹。在开枪击中托班先生的腹部和头部后，两名凶犯逃离现场。据悉，正是因为托班先生移动位置后，警方防御出现了缺口，凶手才得以趁机逃脱。

　　此案进一步证明了凶手之残忍歹毒……

　　吉米跳过了道德说教的部分。

　　不过之前的那些报道——关于纽比一家惨死的报道，他是不能置之不理的。在报纸堆里翻找一阵之后，他终于找到了自己想要的那一份。吉米识字不多，更不打算逐字逐句地读完，粗粗地扫了几眼之后，明显感受到了文章中的憎恨与激愤。随后，他又拿起一份《邮报》，只见上面印着一张纽比家房子的照片。照片上的房子依然是那样臃肿、丑陋，吉米突然感到一阵反胃，连忙把报纸塞进了"1899"那一栏。

　　"老掉牙的体制，真该死！"他低声咒骂道。

　　接着，他看到了杰克·斯摩多被判死刑的消息。

　　庭审现场的情况颇为令人动容。作为部族元老，杰克·斯摩多已是一位头发花白的老人，平日里对人恭敬有加，受审期间更是表现出了对法律程序的绝对尊重，令人难以理解的是，正是这样一位老人，居然会狂性大发，于今年七月在沃伦镇的纽比农场犯下滔天罪行……

　　陪审团由十二名正直、诚实的达博居民组成。离场十分钟后，陪审团重返庭审现场，作出了有罪裁决，判定杰克·斯摩多谋杀纽比太太及维拉·纽比小姐的罪名成立，同时作为从犯，对玛丽·纽比小姐及佩特拉·格拉芙小姐之死负责。

当被问及是否需要发言时，受审的老人站起身，作出如下发言："我只是想把吉米的割礼牙齿还给他[1]，让他知道，跟白人女孩结婚是不对的。纽比先生不肯给我们粮食，于是我们去找纽比太太理论，从没想过要杀她。"老人岔开话题补充道："吉米是个好劳力，我并不怕死，因为我干下的事，理当被吊死[原话]。

"我从来没没[原话][2]做过这种事。你们可能觉得下决心杀人要花很长时间，可我这个啥也不懂的[原话]黑人知道，杀人只要一秒钟而已，相信我。"

可怜的杰克，吉米心想，他居然对着陪审员一本正经地忏悔杀人前的冲动。这些来自达博的陪审员都该死，他们在临死前一定能想起杰克的这番话。

吉尔达·布莱克史密斯太太也在庭审第一天出庭作证。

她是个身材瘦弱的女孩，看起来只有十四岁，根本不像十八岁。她在庭审时表示，在与黑人丈夫生活期间，她时常处于自责和恐惧之中。

这上面根本没提到她为什么恐惧，吉米心想，不能全都怪在

1　割礼仪式中取出的牙齿，用作提醒族人履行部族义务。——英文版编注

2　此处的口误来自英文原著，用以表现原住民运用英语不熟练。

黑人丈夫的头上，那个白人厨子才是罪魁祸首。

吉尔达表示，她与吉米·布莱克史密斯实属合法夫妻，婚礼于五月份在沃伦镇举行，由循道公会的一名牧师主持，全程经过公证。七月份，吉尔达在纽比先生家里产下一子……

吉米气得颤抖起来，他无论如何没想到，纽比一家的恶行居然被美化成了善举。对于吉尔达，他的心里只有同情，一种通常会被误解为爱情的同情，她在吉米心里的分量恐怕还不及西里太太。这篇报道中流露着她的纯真和她那破灭的梦想——远离慈善机构，为自己发声。读到这些后，吉米根本无法去恨她。

五天后，布莱克史密斯的几名亲属来到沃伦镇，在夫妇二人的小木屋旁建起两间棚子。吉尔达表示，从那时起，她便开始担惊受怕。当被问及丈夫的亲属是否对她提出过无理要求时，她表示从未有过，但几名亲属时常醉酒，丈夫为了款待几人时常破费。

不知不觉间，吉米的身旁已经散落了一大堆报纸。他知道，自己的心里藏着无比深厚的爱，但却从来不曾奉献给他人，恐怕死后便再也没有这个机会，他这份尘封已久的爱注定要这样被浪费掉。在吉米看来，自己真正的罪行在于荒废了心底的爱，这份爱本该像土地一样，遗留、馈赠给他人。

想到此处，他开始给吉尔达和厨子的孩子写信。考虑到并非人人都愿意收到遗书，他只打算在信中表达几条请求：不要把孩子当作杀人犯的孩子来对待……不要因为父亲（就当自己是父亲好了，吉米心想）的罪行去惩罚孩子。

他还要写明：杰克·斯摩多是个心地善良、胆小怕事的人。

但他很快想到，媒体不会理解这封爱的遗书有多么重要，只会觉得愚蠢或滑稽。就像他们对待杰克·斯摩多的态度一样——吉米十分肯定，报道中反复出现的"原话"二字，定然是专门用来表达讽刺的词语。

与此同时，他注意到，总检察长已经提交剥夺布莱克史密斯兄弟公民权的议案，目前已经进入新南威尔士议会下院的二读阶段。

媒体不遗余力地向公众呼吁，要积极行使议案赋予的权利。

> 凡有窝藏逃犯者，将根据本议案给予重处，有抓获逃犯者，给予5000英镑奖励。根据习惯法及本州法律规定，剥夺布莱克史密斯兄弟一切公民权，一经发现可当场击毙，不论逃犯被捕或投降，一律依法处决。广大公民可采取一切手段将逃犯绳之以法。

看到官方态度如此强硬、决绝，吉米反倒振奋起来。他认为应该多睡一会儿，多补充些体力。就在他睡着之前，另外两则消息引起了他的注意。

其中一条消息刊登在文风矫饰的《先驱报》上。

不久前的八月[1]，杰克·斯摩多制造了耸人听闻的沃伦镇惨案。他被判死刑，行刑日期尚不明确。据消息人士声称，出于政策原因，死刑或恐推迟到布莱克史密斯兄弟落网之后。辅政司的一位官员表示，此案本已十分敏感，恰逢联邦大计近在眼前，在如此敏感的时刻处死这名罪犯，或许有失斟酌。

另一条消息则刊登在更为煽情的《邮报》上：

作为道伊·斯戴德追逃小队的一员，托班先生本打算在布莱克史密斯兄弟落网后，投身南非疆场。可以说，两个孽种害死的，正是女王陛下的忠诚战士。

这则评论的下方印着布尔战争的人员伤亡情况：

伊安·马奈斯，二等兵，新南威尔士狙击骑兵，死于伤寒；
B.格里菲斯，中尉，新南威尔士轻骑兵，死于伤寒；
L.比德斯，中士，新南威尔士狙击骑兵，死于重伤；
爱德文·克拉克，二等兵，新南威尔士装甲兵，死于伤寒。

---

1 原文：the past August。

莫顿白天睡得比较安稳，但夜里睡觉时，总会做出一些令吉米担心的事情，比如，他会掀开毯子，迷迷糊糊地走出几码远的距离，然后继续倒头大睡，身上没有任何铺盖，躺在光秃秃的土地上。

然而不论他们走到哪里，莫顿赶路的速度都快得惊人，终日里迈着宽阔的步伐，挑战着吉米，挑战着黑夜与距离。

偶尔他会哼唱起芒金迪部族的小调 —— 那是一首充满劝诫和警告意味的调子：

> 女人的鲜血，软刀子哟，
>
> 蒙住心灵的眼睛洗不掉，
>
> 马鲁加的河水冲又冲哟，
>
> 洗掉了肉眼中的鲜血，
>
> 洗不掉心灵的污迹。

两人行至马鲁兰迪附近时，一名警察和十二名镇民追了上来，兄弟俩被迫逃入北方的一片山谷。这片山谷不仅适合藏身，更令兄弟俩心生敬畏。

星期五正是大肆劫掠的最好时机，因为乡下人都在这一天进城。然而在某个星期五的下午，吉米却打错了算盘 —— 他本打算闯进一间农舍偷东西，却不料屋主并未离开。于是，在接下来的几天里，他们只能不停地躲避着追击，子弹经常会擦着脖子呼啸着飞过。

两人闯进了高原地带的一片牧羊场。正值十月末、十一月初，夜晚清冷难熬。北有密林阻隔，南方的地势又过于开阔，吉米不确定自己能否忍受深山老林和梅里瓦附近高高的分水岭处的回声。东侧是一片绵延不断的森林，地势一路向下延伸至海边。他知道，沿着这片森林便可直达塔里，一路上也便于藏身。塔里位于河流入海口，是个美丽的所在，一提起那个地方，尼维尔太太总是赞不绝口。

　　最开始，两人在陡峭的山林间穿行着，高原的林地里很少见到灌木或杂芜的草丛，这让莫顿有些不大适应，吉米也盼着尽快走进雨林地带。

　　没走多久，他们便来到了草木丛杂、爬虫成群的雨林。这里更有家的感觉——树干上附生着一簇簇鹿角蕨，晶莹的水珠不断滴落在两个人睡意昏沉的脸上，苏醒的褐蛇早已蜕去旧皮，草丛里不时闪过它们的身影，丛林蜘蛛的体形肥大却机警异常……不知为何，这里似乎显得更加有"人情味"。兄弟俩生了堆火，煮了些茶水喝，浓烟夹杂着水汽袅袅升起，熏得两人直流眼泪。周围到处都是灌木林，一堆堆、一簇簇地远远延伸出去，面积似乎比英格兰还广阔。

　　他们在附近找到一间废弃的小屋，屋主或许是个有钱人，却在这片潮湿的雨林中破产了。屋子里散落着七个破旧的床架，几份早已过时的《先驱报》和《自由人报》，此外还有一瓶烈性白酒，酒里泡着条黑白两色的银环蛇。这间小屋曾经充满了希望，如今却落得破败不堪，很容易唤起人的伤感。吉米立刻联想到自己的窘困潦倒，想起当初那无比美好的憧憬。

这时，他拿起屋里的一截铅笔，在旧报纸的空白处留下了诀别书——写给达尔茜、杰克、吉尔达，还有那个孩子。这封书信或许永远都不会被人发现，吉米写起来自然没有什么顾忌，若是在经常有人出入的地方，他定然不会像这样放得开。这种做法看似可笑，却给他提供了一个向吉尔达忏悔的机会。

几番跋涉追捕，道伊·斯戴德有些动摇了。当初，在得知不必与高贵的格拉芙小姐成婚时，他的心里充满了快慰。可眼下，就连这股轻松的心情也消散得一干二净。那些被害人的面容变得遥远起来。格拉芙小姐已在吉尔甘德拉的墓园里入土安息，死前的痛苦和挣扎就像裹尸毯一样被清洗干净，叠放起来。

都德·艾德蒙斯建议他回归正常生活，开始打理生意，毕竟剪羊毛的季节就要到了。至于布莱克史密斯兄弟，眼下到处都有追兵，野外的生活又无比艰苦，两人一定不得善终，没准儿哪天就会摔下山崖，或是死在某个农夫的枪口下。

然而道伊却摇了摇头。既然摆出了"重情重义"的姿态，就必须硬着头皮装下去。他说，"一定要亲手杀了两个凶犯"。与此同时，他的父亲不断从家里寄来银行汇票，仿佛是因为抢了儿子的黑婊子，心里有些愧疚。

有时候，都德会谈起追捕的路线或是关于格拉芙小姐的一些往事，这些琐碎的唠叨往往惹得道伊心烦意乱。

"你不打算加入共济会了吗，道伊？"都德知道，道伊和格拉芙小姐订婚的时候有个约定，那就是绝不加入共济会的任何分会。"你现在岁数够了，可以加入了。"

"佩特拉不太支持。"道伊说道，"她说里面的人都是些巫师，跟土著的狂欢会没什么分别。"

"真搞不懂她为什么这样说，或许说的是波阿斯那类人吧。可是共济会里没有这种人，会员都尊奉《圣经》和圣殿骑士团的教义。"

"圣殿骑士团？"

"十字军战士。共济会就是他们这群人建立的。"

"你说，他们会不会在沿海一带转悠？比如麦夸里港、塔里这些地方？我指的是布莱克史密斯兄弟。"

"塔里我有熟人，他的两个闺女长得倒很标致呢。你不可能后半辈子当修道士吧，道伊？"

道伊不置可否地嘟囔了几句。"布莱克史密斯兄弟可不甘心像修道士那样活着，托班的例子就是最好的证明。"

"可怜的托班。其实，他们爱尔兰人的那一套，我根本就不信。难不成真想把女王赶下台？我敢打赌，他准是加入共济会了。"

"不可能。"

"也没什么不可能的。几乎每个地方都有他们的成员。加入了就要诚心付出，就像伺候自己老子一样为组织服务，同时也会有人为你付出。照我看，托班准是为了享受别人的付出才加入的。"

"这样说不好吧，毕竟他已经死了，而且是咱们的朋友。"

"死了也改变不了事实啊。"

很明显，都德这番话的意图并不在于托班，而在于佩特拉·格拉芙小姐。

"闭嘴吧，这样说不合适。"

"你听我说，道伊，其实关于死亡的看法大多是胡扯。"

"等你亲自尝过死的滋味再说吧。"

"别装了，道伊。你我心里都明白，你根本不想娶那个叫格拉芙的女人。"

"我叫你闭嘴，都德。"

"说实话，我早就受不了她……"

"不要得寸进尺！"

"我跟你一样，憋了很久了。至少让我说几句真心话不行吗！"

"好！有屁就放！"

"我知道，那个装腔作势的女老师一死，你感觉到的是一种解脱。"

道伊顿时觉得一阵难堪，仿佛被人当众扒光了衣服一般，羞得满脸通红。有那么几秒钟的时间，他险些就要承认了。但不幸的是，刚刚说出这番刺耳的真心话，都德就后悔了。他本该像共济会的成员一样，做个值得信赖的人，绝不该轻易泄露内心的秘密。话一出口，他立时面如土色地跪在了地上，脑袋垂了下来。

"对不起，道伊。我不该说这种话的。我任你处置。"

对于道伊而言，这番真心话倒并非全无益处。他至少认识到这样一个道理：那些少言寡语、看似可靠的人，心里居然隐藏着这么多想法，平日里可以掩饰得如此之好。他本想拍拍都德的肩膀，却收回手，走到火光照不到的地方哭了起来。男人是不该哭的，但在有火光的地方，他没法装出一副自然的表情。

他默默地哭着，为了偿还亏欠格拉芙小姐的泪水，也为了父亲的荒唐之举。他暗暗奇怪，为何心里竟然没有半点该有的悲伤呢？

如果此时放弃追捕，人们一定会看破他内心的秘密——他的心里没有半点该有的悲痛。

过了一会儿，道伊铺好了毯子，几番叹息后，睡去了。

布莱克史密斯兄弟过得可谓逍遥快活。在冈尼达附近的高原上，他们吃着最新鲜的羊肉，随时可以闯进辽阔的牧场，抓几只羊来杀着吃。进入雨林后，十一月的湿气并没有摧垮他们的意志，阳光照在湿漉漉的衣服上，水汽很快便蒸发出来。随着冬季渐渐过去，两人犯下的滔天血案似乎已成为过去，他们可以在这海边的山谷里过上一辈子。

然而兄弟俩并不打算在这里久住。他们继续在绵延无际的森林里穿行着，似乎执意要去险地闯一番。

一天中午，他们发现了一条深深的车辙，轮迹一直延伸到一片开阔的小山坡上。山坡上坐落着两栋建筑，其中一栋是校舍，窗子里传出阵阵嘈杂的讲话声——或许是背书的声音。门前用黑色的油漆写着：达姆布林公立学校，建于1891年。

学校的后方是一排宿舍，门廊里拉着一根绳子，上面晾满了孩子的衣服，这说明，一定有女人住在这里。兄弟俩等了半个小时，女人终于走了出来。她用手摸了摸晾晒的衣服，皱了皱眉，然后又两手空空地走了回去。她看起来很年轻，但比兄弟两个岁数大，披散的头发遮在脸上。吉米眼尖，一眼就发现女人长着褐色的眼睛和灰白色的鼻子。

好久没开杀戒的吉米有些担心，生怕在冲动之下杀了这个女人。事实上，他已经感受到并压抑着这股冲动。然而越是压抑，这股冲动便越发强烈，仿佛早已钻进了他的五脏六腑，渗入了骨髓之中。

不知不觉间，兄弟俩都睡着了，直到下午三四点钟，才被一阵隆隆的雷声惊醒。吉米的心情很糟，一是因为睡得太久，二是害怕女人会死在自己手上。

"教书的都是骗子！满嘴谎话！"吉米睡眼惺忪地说着。当他亲耳听到老师散布的谎言时，头脑立刻清醒过来。

孩子们正齐声读着：

> 澳大利亚是
> 世界上最小的大陆，
> 最大的岛屿，
> 最可爱的土地。

"关他屁事！"吉米说道，"最可爱的土地，跟教书有个屁关系！"

"怎么了？"莫顿问道，"学校里的孩子都学这些。"

"去他娘的最可爱的土地！"

"你能怎样？把他们都毙了？"

就在这时，念咒般的诵读停止了。孩子们排着队走出教室，队形很快散乱开来。两个男孩跑到深深的草丛里打起架来，一个男孩把另一个摔在地上，在他脸上狠狠地捶了三拳，然后便很快放他走了——孩子们要赶回家去帮忙挤牛奶，因此连放学打架都要节省时间。

孩子们各自骑上小马，沿着车辙的方向散去了。五分钟后，所有的学生都离开了学校。这时，一位老师出现了。他穿着马甲，衬衫的袖子向上挽着，衣兜里露出一根表链，脚上穿着威灵顿防水靴，外套搭在胳膊上。这人身材不高，走起路来却是健步雄姿，一看便是常在乡间行走的人。他戴着副眼镜，留着公谊会成员特有的胡子，脸上的神情悠然而自得。

男人走进宿舍后，兄弟俩听到他对着一个孩子打招呼，随后，屋子里传出一个女人的声音，她的声音很轻，似乎在抱怨家里的什么事。

接着，男人走出屋子，劈起木柴来。趁着这个工夫，兄弟俩迅速朝他冲了过去。

离男人还有几码的距离时，他们被发现了。对方抬起头，两只眼睛透过厚厚的镜片望着兄弟俩。在那双被镜片放大的眼睛里，吉米看到了一丝信任的神情，仿佛在历经无数的厮杀与仇怨后，它们还是会习惯性地去相信他人。

"我知道你们两个是谁。"男人说道，"上帝啊，你们走得可够快的。"

吉米当然不会给这种人蓄势反击的机会。他端起步枪，瞄准了对方的心脏，迟疑了几秒后，紧闭着双眼扣动了扳机。不过这一枪偏得厉害，没有打中。在这紧闭双眼的两秒钟里，吉米或许遭到了欺骗，或许得到了救赎。

"上帝啊！"男人吓得跌坐在劈柴用的木墩上。

这时，之前看到的那个女人跑到了门口，尖声叫了起来。

"我没事，亲爱的！"男人喊道，"我们看到了一只兔子而已。你快进屋，我一会儿就进去。"

女人愣愣地站在原地，两只眼睛瞪得老大，一副将信将疑的神情。她用手拨了拨挡在眼前的头发，仿佛生怕错过第二次开枪的场景。

"快走，吉米！"莫顿喊了一声，似乎在为旁边的那个女人担心。

"不。"

"快走！"

所有人都安静下来，静得可以听到森林里树枝掉落的声音和鸟雀叽叽喳喳的鸣叫声。

男人似乎想说些什么，最终还是忍住了。他用手把支棱着的头发向前额捋了捋，表露出一副顺从的神情。

接着，男人说道："如果你们还在犹豫要不要杀我们，我可以实话告诉你，我太太病了，我也没什么积蓄。"他攥起拳头，在膝盖上用力敲了三下："而且我们没做过什么伤天害理的事情。"

"你家里有没有面粉、咸肉？"莫顿问道。

"这些管够。"他耸了耸肩，抬头望着兄弟俩，嘴唇不由自主地颤抖起来，"你不一定要杀我的。在巴灵顿山的时候，你们不是放过了一个老人吗？"

"可是我们前脚走，你转头就会跑去报案。"吉米说道，"奈德·凯利[1]就是被一个教书的给出卖了。"

"你们可以把马牵走。这里离警察局有二十二英里，我要两天才能走到。之所以跟你们说这些，是因为我知道，你们不是疯子。"

男人抬起头，望了他们几秒钟，目光十分坦然，看不出任何责备的意味。他舔了舔两片暗淡的嘴唇，突然发出一阵刺耳的笑声，猛地站起身来。

兄弟俩看得出，男人似乎已经知道——大概是教书的经验告诉他——控制权已经由吉米转向了莫顿，或许还会转到他的手里。他知道，他的家人至少可以免遭砍杀或枪杀。

"我来给你们看些东西，你们一定会感兴趣的。全都在《公报》上面呢。"

莫顿放下枪，跟着走了过去。吉米也叽叽歪歪地跟在后面，手里的枪却一直没有放下来。眼前的场景就像是一幅漫画——一幅凸显吉米权威的漫画。走到门口时，老师停了下来。

"对了，就算我说家里没有武器，你们也不会相信我。事实上，我有一把很漂亮的马蒂尼-亨利卡宾枪，那是我结婚时，岳

---

1 传奇大盗和民间英雄，被誉为"澳大利亚的罗宾汉"。

父送给我的。我一直都想拿出来擦一擦，不过有好几年没碰过了。他们都说，有了这家伙，那些光棍农夫就不敢骚扰我的太太了。我一直都没买过子弹。"

几个人走进了厨房，男人仍在唠唠叨叨地说着，他的太太则瞪着大眼睛，在一旁看着。

吉米有些按捺不住了。如果不杀这两个人，一定会带来很多麻烦，可他又不想沾染女人的鲜血。

他厉声喊了句"闭嘴"，一枪托打在男人的下巴上。女人顿时吓得尖叫起来。男人疼得流出了眼泪，却始终保持着不卑不亢的态度。

"奈德·凯利就是被一个教书的出卖的。"吉米分析道，"我可不想走他的老路。"

"你们家里有酒吗？"莫顿难过地问着，带着商量的口吻，"放心吧，太太，我们不会伤害你的。"就在他低声安慰女人时，那位教书先生开始在橱柜里翻找起来。接着，他面无表情地递给莫顿一个酒瓶，伸手搂住了妻子。

"没事的。"他自顾自地说着，不知是对吉米讲话，还是在安慰太太，"如果他们真的要杀咱们俩，我会提前告诉你，让你有时间祈祷。我的太太是个基督徒。"

"我们是循道宗的信徒，"莫顿说道，"不会伤害你的，太太。"

这番话听起来是那样愚蠢。

男人眨了眨眼，几颗泪珠从睫毛上滚落下来。他的目光正四处搜寻着什么。

"亲爱的，那张《公报》哪里去了？"男人问着，最后在餐桌的转盘上找到了那张《公报》，"喏，看看这个。"

报纸上印着一幅讽刺漫画：森林里，两个身材肥硕的原住民正用几条羊腿喂警犬，脸上各自带着微笑。其中一个原住民对吃饱的警犬说："回去告诉你的主人，就说你什么都没看到！"另外一个原住民正在读报纸，报纸的头号标题写着：案发两月有余，布莱克史密斯兄弟仍然在逃。

吉米阴沉着脸看了一会儿，莫顿问道："上面怎么说？"吉米尽可能不动声色地描述了一遍——他并不想承认受到了这幅漫画的触动。刚刚讲完喂狗的情节，莫顿便忍不住笑弯了腰，手里扶着西里太太女伴的那支步枪，就连吉米也忍不住笑了起来。男人的脸上露出一丝笑容。

这幅漫画不仅好笑，更有些荒唐的意味。很显然，谁都没有想到兄弟俩居然会被描绘成漫画人物，这让两人摆脱了杀人恶魔的形象。吉米终于看到了一丝希望：一直以来，媒体对兄弟俩的描绘不外乎残忍嗜杀、懦弱怕死，如今他终于有机会打破这副妖魔的面孔，成为一个传奇人物。

那个教书先生居然看透了自己的心思。

"外面有三千多人在追捕你们呢。"他对兄弟俩说道。

"三千！"莫顿低低地叹了一声。身在这人口稀少的乡野地带，他显然被三千这个庞大的数字惊呆了。

接着，女人把家里生活用品的摆放位置告诉了莫顿。吉米突然想起《先驱报》上说，杰克·斯摩多要在他们被捕后才被执行死刑，于是立刻产生了用人质交换舅舅的想法。

他知道这个想法非常不切实际，不过既然媒体已经表现出了对兄弟俩的尊重，给了他们自我表达的空间，他们必须继续保持讽刺漫画里轻松愉快的逃犯形象。他们可以用一种积极的、近乎讽刺漫画的形式，将之前所犯的罪行讲给这个教书先生听。没错，把这位教书先生当人质，再合适不过了。

这些想法是解释不清楚的，但说到带走一个白人，吉米只需要一个词就够了。于是，经过一番苦苦的思索之后，他从嘴里吐出了两个字：人质。

所有人都沉默下来。

"我走路太慢，只会拖累你们。我有哮喘。"

吉米知道，带着一个白人在身边会很危险，人质很可能变成主宰者。不过吉米被一种近乎恋爱般的盲目所主宰。莫顿的眼睛也亮了起来，他正好缺个伙伴。

"我们不会伤害他的，太太。"莫顿真诚而抱有歉意地说道，"如果那三千多人抓不到我们，他就可以回家了。"

"你自己带几张毛毯，还有铺盖！"吉米对男人说道。

男人并没有服从指令。他不住地安慰着妻子，同时向两人指出把他带走的想法有多么荒唐。然而他并不是傻子，他渐渐认识到，兄弟俩的态度很坚决，一定是因为过去的种种原因，才不得不出此下策。

很快，女人开始忙活起来。她收拾着男人的行李，仿佛马上要送他上火车一般。眼前的一切都显得那样荒唐。"把那张双人毯带走吧。"她说，"要注意保暖，也不能热着。这个季节很容易发病的。对了，还要带一双耐磨的靴子，威灵顿靴怎么样？"

"太沉了，没法走远路。我的帕尔格雷夫皮靴在哪儿？"

"带几双袜子好呢？别忘了，胸口要用法兰绒围巾围着。"女人一边说着，泪水止不住地流了下来。

为了确保女人能在天黑前赶到邻居家借宿，三个人不到傍晚便出发了。女人站在门廊里，不住地咬着下唇，两眼充满了泪水。

执意带上人质的做法十分不切实际，这就像一个虚幻的梦境，毫无逻辑可言。男人名叫麦克里迪。兄弟俩想告诉他，为了能够活下去，为了克服恐惧，他们的生活是多么艰辛。麦克里迪很快便累得气喘吁吁，喘不上气来。

"我早就告诉过你们。"他说道。

这时，天上突然落下雨点来，雨水缓缓地从枝叶间滴落，在这片寂静的雨林里，麦克里迪的喘息声越发响亮起来。

此时，他已背靠着一棵树，坐在了地上，嘴里不断地安慰着莫顿说，他虽然喘得厉害，但情况并没有那么糟糕。

"我有诀窍。"他上气不接下气地说道，"要把所有的气息吐尽，然后再吸气。多数哮喘病人的呼吸很短促，但这只能让情况更糟。发病的时候，一定不能惊慌，千万不能以为，这口气喘完就再也喘不上第二口来。"

"惊慌？"莫顿不解地问道。

"就是着急的意思。"麦克里迪解释道。

莫顿终于意识到，麦克里迪能够活下来，并不是巧合，完全是因为他的沉着和冷静，因为他不慌不忙地向他们展示了那张《公报》。

吉米在地上铺了张毯子，莫顿正要去捡柴生火，却被哥哥拦住了。

"不能生火。"吉米说道，"会被人发现的。"

"谁他娘的会发现？教书的必须喝点热茶才行。"

"别像个娘儿们一样。他在这儿，就要听我们的，不是我们听他的。"

"是我要喝。"

"去你妈的。心软得像个娘儿们。"

然而茶水煮好时，吉米自己也喝了一些。麦克里迪把眼镜放进了衣兜，两只近视眼顿时变得迷茫起来。接着，他缓缓地把毯子裹在了身上。

"明天不上课。"他喘息着说了一句，沉沉地睡着了。

麦克里迪与布莱克史密斯兄弟的友谊是从吉米开始的。吉米试图在他的身上找到自己友善的影子，但人终归是人，毕竟不是呆板的镜子。

对于教书先生的幻想很快破灭了。莫顿经常对着麦克里迪忏悔，两人甚至合起伙来孤立吉米。一开始，听到两人如何躲避三千多人的追捕时，麦克里迪还抱着一丝看戏的态度，然而在听到吉米如何砍杀那些女人时，他顿时惊得目瞪口呆，就和莫顿当初的反应一样。

吉米觉得莫顿背叛了自己，就像是不忠的妻子背叛了她的丈夫。这个教书先生显然是在挑拨两人的关系，企图达到离间两兄弟的目的。这一切都是他的阴谋。

他想过要像农夫西里或法维尔警官一样，粗暴地恐吓麦克里迪，可这位教书先生恰恰不吃这一套，不论用什么办法都吓不倒也气不着他。

一天清晨——这天天气晴朗，丛林里十分潮湿——吉米去山里的一个水塘舀水，水流侵蚀砂岩形成了这个水塘，水里有许多美味的小鳌虾。他舀了一罐水，正要站起身往回走，恰好发现麦克里迪在十码以外的灌丛里捡柴，他竖着衣领，精灵般的尖耳朵粉粉的，仿佛是在隆冬时节。

他径直朝麦克里迪走了过去。像往常一样，每当他接近教书先生时，莫顿的身影便会从树林里冒出来，防止他伤害对方。

"我给很多农场主打过工。"吉米说道，"他们总怕我把农场变成黑人聚居区，总是说黑人聚居区特别肮脏。不过看你的样子，也没比我们干净多少，教师先生。我可不想把自己的地盘变成肮脏的白人聚居区。"

说着，吉米把整整一罐水倒在麦克里迪的头上。教书先生的眼镜被冲掉了，脸上的胡须顿时变成了山羊胡，好好的一件衣服也被浇得尽湿。

然而这一招并不见效。麦克里迪那被水浇湿的粉色耳朵和山羊胡，看起来更像尴尬的笑话。吉米明白，最终尴尬的还是自己，因为他对白人的复仇行动完全是建立在谎言的基础上的。

若是放在从前，莫顿一定会大笑不止，但这一次，他却走到两人中间，表示无法容忍吉米的行为。

麦克里迪虽然冷得发抖，却还是一动不动地站在原地。"该死的，吉米！"莫顿怒吼起来。真正的对手来了。

"你听着，"教书先生说道，"如果因为这个，我得了肺炎的话……"

"再去舀一罐水回来。"吉米命令道，"这样你就不冷了。"

"你自己怎么不去？"莫顿问道，"是你这个蠢货自己倒出来的。"

"你把我当什么？下贱的教书先生的用人？我知道，你巴不得我走，这样你就可以跟他炫耀，说你从没杀过女人，你是来自教区的、善良的原住民。"

"我的确没有杀过女人。虽然打伤了一个，但不是有意的，所以不算。"

"天啊，你真该到战场上去，为大英帝国的女王杀布尔人。"

"闭嘴！"鼻尖仍然挂着水珠的麦克里迪怒吼起来，就像平日里吼他的学生一般。

按理说，兄弟俩并不在乎教书先生怒吼与否，但此时却不由得怔住了。

麦克里迪厉声说道："如果你们一定要比一比谁更邪恶的话，恐怕永远分不出高下，最终只能拼个你死我活。要知道，心里没有恶念的话，怎么可能去杀人？"

听了这番话，吉米暗暗希望麦克里迪是对的——尽管这种想法很病态——因为这样一来，他跟莫顿的斗嘴就已经分出了高下。莫顿一直认为杀人都是冲动所致。

"可有时候，我不是故意伤害别人的。"莫顿说道。

"没错。"教书先生承认道，"可是为什么还是伤害了？因为你接近了他们，因为你做了伤害他们的准备，因为你带着武器。"

听到麦克里迪拿自己跟哥哥——那个斧头恶魔——做比较，莫顿顿时哭丧起了脸，神情颇为受伤。

吉米再次动了杀机，想一枪打死麦克里迪，但仔细想了想，心里又涌起一阵沮丧。最令他吃惊的是，子弹根本达不到伤害对方的目的，这个教书先生的身上透着一股正气和上帝般的仁慈，不是一颗伯明翰生产的子弹便能伤害得了的。

"我去舀水。"麦克里迪说着，拖着不甚灵便的腿脚走开了。吉米已经见惯了他的走路姿势。任何人都看得出，只有病夫才这个样子走路。

吉米最想看到的就是他这副病恹恹的样子，因此无论如何都不会放他走。

对于海博里先生而言，他不仅要在肉铺里受到公众的审视，就连待在自己的地盘——位于巴尔曼的那栋小木屋里时，他也时常受到一位顾客的烦扰。这位顾客可不是在火车站的货运编组站值夜班的那种小角色，而是一位国会议员，一名实业家。对于手握的权力和自身的影响力，议员感到很满意，满意得就像个孩子，时不时便当众炫耀一番，以此凸显存在感。

每次碰到他时，海博里先生都为对方直白的寒暄感到惊讶。

"哈！"他会故作神秘地叫一声，然后问道，"告诉我，老兄，你去过海边吗？"

接着，两人会谈论天气、身体状况，以及不太明朗的政治走向。所有政客见到陌生人时，都会谈论这些话题，然而两人的谈话始终离不开是否去过海边的问题。

议员自然是去过海边的，他的父亲买了几艘帆船，他甚至还参加过悉尼-瓦尔帕莱索-伦敦帆船赛。

海博里先生的回答总是否定的。他还没有机会去海边，这也是让他感到遗憾的一件事。随后，这位政客就会唠唠叨叨、没完没了地谈起巴塔哥尼亚。

他的话总是那么不着边际，甚至比克鲁纳还要离谱，但说来说去不过是为了证明这样一个事实：他是一个野心勃勃、胸怀大志的人。

海博里先生从不会告诉这种人，他还有个从不喝酒的舅舅，一个患了关节炎却仍然尽忠职守的老人，一个履行着公共职责却从不炫耀的人。

十一月的一个清晨，海博里先生很早便醒了过来，在他那张气派的婚床上辗转反侧睡不着。他的心里很不平静。就在前一天傍晚，那个大嘴巴的国会议员告诉他——非常自信地告诉他——州总理已经把他列入大英帝国勋位候选名单！此举是为了庆贺新年，庆祝澳大利亚成为一个新生的联邦。

"但这件事还不能公开，华莱士，因为布莱克史密斯兄弟还没落网。只要两名凶犯死了，嘿，那就可以正大光明地讲出来了！不过，如果你不想去追捕罪犯，只想等着绞死他们的话，从目前公众对这件案子的关注度来看，他们会认为你没什么功劳，不能因为吊死两个犯人就奖赏你。哎，不过也无所谓，等个一两年……"

海博里先生虽然为人谦逊，但对于帝国的荣光还是渴望的，他认为这是自己应得的。但令人不忿的是，能不能得到勋位居然得看不太靠谱的政治局势，关键要看能否抓住两个杀人犯，将他们送上法庭，还要看公众的态度如何。

"我的意思是说，"政客说道，"就连行刑的时间都很难选择呢。如果什么狗屁联邦真的成了，人人都忙着高兴去了，哪有心情绞死罪犯呢。"

到那时候，梦寐以求的勋位或许会授予一位高级排污工程师，因为排污工程并不像缉捕罪犯那样充满变数。

第十三章

此时，麦克里迪的说教已经成为一种习惯。每次大着胆子说到嗜血、凶杀等话题时，他总是屏着气息。

"我理解你的愤怒。"等到夜里安静下来时，他会这样说，"我甚至能想象到，吉米。我是说，移民仍在大肆谈论黑人如何劫掠他们，整整谈了十年。可是原住民杀了多少白人呢？谁也不知道，估计不到四五千人。那你们可能又要问了，白人杀了多少原住民呢？大约是一百万的四分之一，二十五万人左右。所以，我非常理解你的愤怒。"

吉米很喜欢听到这种"忏悔"。把麦克里迪带在身边的好处就在于此。

接下来，教书先生与莫顿就他们之前的罪行展开争论。对吉米而言，类似的争辩听起来或许会比较刺耳，但他并没有反对。道理很简单，因为沃伦镇的屠杀案让他有了一种虚幻飘渺的感觉。他害怕这种不真实感，害怕魔鬼，更害怕下地狱，而这种争论往往会让他心情平缓下来。

莫顿会不停地发问，而麦克里迪的回答里则包含了许多内容。最终，两人谈到了西里的孩子。

"没错，"莫顿说道，"吉米的老婆说，她怀的是他的孩子，可生出来却不是，不知道是哪个白人的杂种。"

"在你们看来，孩子不是来自图腾……你们的兽灵吗……"

"你怎么知道？"

"安德鲁·朗格的书上写的。"

"要是落在我手里，看他还敢不敢写。"听到安德鲁·朗格居然写了本关于部族的书，莫顿感到又气又怕，怕的是部族的秘密全都让白人知道了，"兽灵可不会管白人的孩子，只管黑人的。父母都得是黑人才行。"

吉米第一次意识到，原来莫顿并不真正明白同母异父意味着什么，不过部族里并不在乎这些，因为决定孩子出生的因素只有两个：达尔茜和鸸鹋鹡鸰。所谓"同母异父"这种更为精确的划分，只在白人的社会里存在。

麦克里迪神情恭敬地听着，不时用手帕抹抹鼻子，擦一擦眼睛，眼神里透着一丝不安，喉咙里发出阵阵急促的喘息。

因为他患有哮喘，兄弟俩只能一个人先行探路，另一个人留下来等他把气喘匀。

"吸——呼——"麦克里迪一边痛苦地喘息着，一边做着呼吸练习，"这个季节很容易发病，空气里到处都是尘土、花粉和兽毛。十月和十一月份，我连马都不敢骑，一骑就犯病。"

兄弟俩经常因为做饭、煮茶、打水、捡柴等小事拌嘴，麦克里迪只好充当两人的调停人，这让他觉得有些好笑，毕竟自己只是一名人质而已。这一周里，兄弟俩每天少走了五英里路。

当然，三个人并不是漫无目的地乱走，而是出乎意料地朝着东边前行，企图走下陡峭的山谷往海边去。途中，他们会偷几头牛来杀着吃，牧场主即便有所察觉，也会误以为是伐木工人干的——这些人早就有偷牛偷羊的恶名。吉米的计划是朝东南走，划着小船渡过曼宁河，然后进入斯蒂芬斯港附近的山区。

有一次，他不慎说漏了嘴，当着教书先生的面提到了斯蒂芬斯港，还说那里有许多运送雪松木材的美国商船，他打算偷偷潜到船上，偷渡到美国去。这个想法的确令人欣慰，因为人人都把美国看作充满希望的国度。

麦克里迪日渐消瘦，耳朵上出现点点暗红——那不是天气潮湿引起的疹子，而是身体状况恶化的标志。火堆发出毕毕剥剥的声音，雨点敲打着树林，发出空旷的声响，麦克里迪艰难的呼吸声也越来越响亮。

"你们最好放了我。"他喃喃地说着，"我天生不是这块料。"

然而两兄弟已经习惯了第三人在场，如果麦克里迪走了，两人甚至不知该怎样交流。这位教书先生已经融入了兄弟俩的生活，每天天一亮，兄弟俩就开始因为他而争吵，为了照顾他的身体，两人少走了不少路，夜晚露营时也会为他考虑，选在可以避雨的岩石下方过夜。

麦克里迪望了望争吵不休的兄弟俩，似乎想劝阻两人不要因为他而争吵。不过他什么都没说，只是满眼渴望地朝山下望着，忍不住要咳嗽时，也只是轻轻咳上几声，生怕用力过猛会咳得窒息。

有一次，兄弟俩一连让他歇了两天，同时把各自的毯子轮番给他盖着。他紧紧地裹着毯子，睡在莫顿身旁，神情极为顺从。

"那个家伙，睡起来跟个黑鬼似的。"吉米说着，像个父亲般慈祥地笑了起来。

天气突然间变得无比干燥，阳光像降临节时那样毒辣，似乎要将南半球基督徒的狂热与激情全部烤干。令三人欣慰的是，他们正躲在荫蔽重重的山区地带。听着夏季的蝉噪虫鸣，兄弟俩凄凉地笑了笑——这一阵阵刺耳的蝉鸣早已深深地印在儿时的记忆里。1886年前后，他们经常在夏季的清晨去捉知了。

此时，他们已经接近海滨，一路上走得很慢，幸好附近还有些山丘，三人便隐蔽在山丘里。麦克里迪的状况依然很糟。他知道，绝不能任凭两人继续消耗他的生命。

"这一带我很熟悉。"他对两人说道，"山下就是我长大的地方，离这里大约二十英里，就在克洛基附近。"接着，他指了指左侧那片山丘的顶端说道，"我想带你们去那里，有些东西要给你们看。那是个十分宽敞的地方，形状像女人的子宫，里面堆满了石头。那些石头很神圣，据说还有魔力。你们懂的，那里就是给男孩举行割礼的地方。"说着，麦克里迪强打着精神，做了个切割的动作，"曼宁河流域的所有部族都会到那儿去举行割礼。"

这个教书先生居然知道黑人的这么多秘密，这不能不让吉米嫉妒。当他问麦克里迪是如何得知这些事的，对方再次提到了安德鲁·朗格这个名字。

吉米的心里登时燃起一股怒火。当初纽比想尽办法要饿死他们，可这种事情怎么没听哪个学者提起过？安德鲁·朗格怎么不把这些写进书里？如此说来，安德鲁不过是小偷而已，不过是个专门窃取部族秘密的狗杂种。

"那种鬼地方，我们才不去。"莫顿连忙说道。在他看来，麦克里迪的这个建议有些说不出的怪异之处。

"大约十岁的时候，"麦克里迪继续道，"我顺着那条路往山上走。当时碰到一个年纪很大的黑人，他说如果我非要上去，就要割断我的喉咙。估计那个地方那时还有人用。"

"我们干吗要到那种地方去？"

麦克里迪的眼珠转了几转，心里不住地思索着对策。

"不过现在那里已经没人了。"他唯一能想到的，便只有这句话，"可怜的黑人都被赶到了珀弗利特的聚居区。"

麦克里迪没敢说太多，因为他早就知道那个地方很神秘，兴许会给布莱克史密斯兄弟带来一些触动。

莫顿焦急地用部族语言说着些什么，吉米则干咳了几声，装出一副不为所动的样子。

莫顿的想法是这样的：既然那里是其他部族的圣地，他们就更应该去一趟，看看在外族的神灵面前，他们是否会安然无恙，这样就能判断出他们是否遭到了诅咒。正因如此，莫顿才如此突然、如此急迫地想去看看。

他用那语调低沉、鼻音浓重的芒金迪语不厌其烦地劝着哥哥。吉米在一旁听着，不时吐几口口水，咳嗽几声，仿佛想吐出喉咙里所有的干燥和恐惧。

"好吧！好吧！"吉米不耐烦地嘶吼了起来。

"那个鬼地方离这里有多远？"他向麦克里迪问道。

"一英里。沿着陡坡直走就是。山顶能看到海。"

"好吧，如果你们俩还能喘过气来……"

听说能看到大海，吉米不由得暗暗叫苦，以为上山的路径一定十分艰险，陡峭得令人头昏眼花。

三人就这样出发了。除了对部族神灵的敬畏，吉米的情感里还夹杂着尼维尔先生的基督教情怀。从某种意义上来说，他们既是入侵者，又是探险者，既是祈福者，又是朝圣者。他们肩负着各自的使命，前去寻求正义，盼着能够解除身上的诅咒。

"歇会儿吧！"气喘吁吁的麦克里迪不停地恳求着。

中途休息时，莫顿在脸上抹了些白泥。来到其他部族的圣地，他必须全副武装，把露在外面的皮肤全部遮掩起来。他甚至认为吉米也该这样做。

然而吉米只是不屑地骂了句"该死的土著"。他没有纯正的部族血统，无法向莫顿般祈求神灵保护，况且他对部族的这些传统无比厌恶。

就在麦克里迪告诉他们，再走半英里就到达目的地时，不可思议的事情发生了。

莫顿拿起一根树枝，在自己的身上抽了几下，然后又在吉米的后背上抽了几记——并不是像鞭笞一样用力地抽，而是像僧侣一般象征性地抽打。麦克里迪虽然看不到吉米的表情，但却看得出对方并没有反对，而是选择了默默忍受。

抽了大约一分钟，莫顿跑到前方，把树枝放在地上，然后用脚盖了些灰尘在上面。

麦克里迪也不明白其中的意思，大概是用来欺骗鬼魂或转移鬼魂注意力的障眼法。不一会儿，几个人走出幽暗的树林，来到一块平坦宽阔的巨石上。这时，布莱克史密斯兄弟终于看到了大海——在遥远的山脚下，一块倒三角形的蓝色水域隐没在沿海的山丘之间。这是他们第一次看到大海。

这里地势陡峭，险要无比。所谓的"子宫"由几块八英尺高的巨石围成，巨石的缝隙里夹杂着无数灰白色的小石块，看起来极其雄伟和神圣。一些部族曾在这里施展"魔法"，即便他们使用的不是黑巫术，这种祭拜的传统也定然有着漫长的历史，这里定然承载着无数人的希望、记忆和奉献。婚姻、狩猎、聚会，黑人男孩在这里形成他们对世界特殊又微妙的愿景。

不幸的是，这些愿景和记忆在各地的黑人聚居区被斩断，被抹除。总而言之，这里充满着凄凉，正等待着被重建，让一切回到从前的样子。"子宫"的入口在北侧，位于巨石与一块黑色成层岩的交界处。这让麦克里迪想起了《月亮宝石》[1]里的情节，在麦克里迪看来，那块成层岩像上帝一样，"钻石之眼"从他手中被盗走了。

---

1 英国作家威尔基·柯林斯（1824—1889）的一部长篇小说，讲述了一个曲折离奇的宝石被盗案。

莫顿和吉米把步枪放在南侧，顺着岩石的缝隙钻了进去。莫顿高举着双手，表示自己并无敌意，嘴里高声唱了起来：

我们来了哟，

陌生而友好，

小心翼翼哟，

生怕陌生的图腾被惊扰。

我们是逃犯咯，

见过女人鲜血的凶兆。

恳请陌生的你哟，

给些温暖和食物，

唱几首曲调。

我们四处奔走哟，

只想把灵魂找到。

不会无礼惊扰，

无数的冤魂哟，

纠缠不休惹烦恼。

使出在脸上抹白泥的花招，却又用歌声表达友善，这两种做法似乎有些冲突。不过就连莫顿也不完全记得部族的传统。吉米虽然没有唱歌，心里却着实怕得要命，满脸的惊恐和茫然全被气喘吁吁的麦克里迪看在眼里。吉米·布莱克史密斯先生——给他人造成恐慌的悍匪——居然在上帝和部族神灵之间迷失了方向。相比之下，莫顿的部族灵魂几乎没有受到影响。麦克里迪希望吉米能够看到这一点。持续高烧加之山顶缺氧，教书先生顿时感到一阵头重脚轻。在他看来，"子宫"里充满着强大的力量，它会像一块强力磁铁般吸走莫顿的灵魂。吉米虽然暂时没有表现出异常，但他心里肯定会感到极其不安。吉米肯定看到了一切！

"我已经把他们分开了。"麦克里迪心想，他蹒跚地挪动着脚步，汗流不止，气喘吁吁，"至少为分开他们埋下了种子。不错，干得不错。"

然而圣地内部的状况却让他无比担忧。许多大石头已经被人掀翻，蓝绿色的小石头也被搬离了原来的位置，丢得到处都是。这都要怪那些前来野餐的人，曼宁山谷中那些喜欢自我表现的年轻人，那些恋爱中的年轻人——他们的舌头无比蠢笨，不善于表达爱的言辞，但他们却长着大手，大到可以为了庆祝而掀翻大石头。

他们还在石板上乱涂乱画，记录种种轻浮无耻的行径。到处都散落着破碎的瓶子，这些瓶子甚至被人一次次击打，形成更小的残渣，心怀敬畏的莫顿只能跳着脚走。

入口处的两块巨石也未能幸免。左手边的巨石上刻着一行字迹：1897年，中塔里对曼宁河球赛冠军。另外一行字迹用木炭书写：1898年，塔里对北方海岸球赛冠军。27∶2完胜麦夸里港。

看到眼前的一切，麦克里迪感到一阵惭愧。这些人居然用如此无聊烂俗的手段肆意亵渎部族的圣地，源自石器时代的圣地；它的命运与几千年前留下的巨石阵不同，巨石阵被游客所践踏，奥尔德肖特人在上面乱涂乱画。而这里是个被用过的地方，珀弗利特人知道它的用处。

塔里镇的这些足球队员所关心的，只是那场大比分获胜的球赛，他们只关注那25分带来的荣光。他们为何没有半点好奇心，为何不能后退一步，问一问自己，这里的石阵代表着什么，又是谁将这些石块摆放在这里的？

麦克里迪的心在流泪。他用手指摸着一行亵渎神灵的字迹，嘴里恨恨地骂道："无耻！太无耻了！"

右侧的巨石上写着：

麦卡弗里在此过夜。贝恩萧也是如此。93年2月21日，克莱夫·勒伍思·艾维到此一游。94年11月16日，克莱夫与黑女人在此睡觉。要小心，艾维。克洛基-拉格比超级联赛冠军队，1898。

"可恨！"麦克里迪骂道，"恨得无法用语言来形容！"

有句儿歌是这么唱的：用铁条搭呀，铁条跑进他的脑海里。

"咱们必须重建这里。"麦克里迪说道，"如果咱们重建了这里，上帝就会原谅咱们。"当然，这番话让他自己都有些吃惊。他心里明白，这个想法带有浓厚的不可知论色彩。

"这要花一整天的时间。"吉米反驳道，显然认为这个想法有些不切实际。然而他心里清楚，与莫顿和麦克里迪讲道理是行不通的。

他们继续巡视着。一条惨遭亵渎的走道十分宽敞，一侧石壁上有一粒凸起的石子。"或许是受精卵吧。"麦克里迪推测道，"毕竟这里是子宫。难道部族的长老精通解剖学？"事实上，这粒石子是天然形成的，并非人力所致。向大海的一面有一道斜斜的裂缝，缝隙的周围满布小石头。兄弟俩对此并不陌生，这些都是储存灵魂的石头，是十年前、五十年前乃至一百年前的黑人在割礼时留下来的。

来此野餐的人并没有放过这些灵魂石。它们被人从岩石的裂缝中抠了出来，上百块石头，有些完好无损，有些被人摔成两半，还有些被摔成了无法复原的碎片。这些光滑的灵魂石都是从海边取来的，纹理稀疏，就像它们所承载的灵魂一样，缺乏强大的凝聚力。珀弗利特、布伦特布里奇、维罗纳、皮尔巴拉，以及布伦特伍德……黑人聚居区里到处都能看到这样的灵魂，松散而柔软，顺从而屈服。

惨死、屠戮、虐待、欺压、隔离……黑人种族的种种苦难，全都体现在光滑的灵魂石的一道道裂纹里。

莫顿感受到了这一切。他从心底发出一声痛苦的嘶吼，跪拜在地上。吉米蹲在一旁，脸上写满了迷惑，心里充满了恐惧。他捡起一块块破碎的灵魂石，重新拼凑起来，像个勤杂工般皱着眉头。

教书先生急促的呼吸声变得越发刺耳，仿佛是抽井发出的吱嘎声。过了一会儿，他搬起一块块黑色的石头，摆成了最初祭祀时的图案。

由于缺氧，他的大脑中已经是一片空白。他在恍惚间觉得：若不是塔里镇的足球队员们如此放肆地亵渎部族的圣地，纽比家的惨案也不会发生。在他看来，这几乎是一种因果报应，就像法庭的判决一般不可更改。等到布莱克史密斯兄弟被捕时，他一定会把这些统统讲出来。

三人继续清理凌乱的地面，尽管这一切都是徒劳的。最后，吉米走了过来。

"没用的。"他对麦克里迪说道，"已经毁了，我们帮不上什么忙。"

太阳渐渐沉了下去，三人身上的汗水变得冰冷起来。对发着烧的麦克里迪来说，满身的汗水就像月桂油一般迅速蒸发掉了。

"你必须离开莫顿，吉米。你都看到了。"

"我犯的罪，莫顿都有份。"

"他只是打伤了那个女人，她没死，而且正在恢复。"

"他杀了托班。我需要莫顿。莫顿也需要我。"

"你真的这么想？真的吗，吉米？"

此时，莫顿搬起一块长条状的石头，满眼凄凉地望着石头下方蠕动的昆虫。

"你必须离开他，吉米。给他一个机会吧。离开我们。"

"凭什么？"

"他只是个孩子，而且只是你同母异父的弟弟。他是个原住民，吉米。他跟你不一样。你受到基督教太多的影响。这会毁了他，也会毁了你。"

听了这番话，吉米本该怒不可遏才是，然而他只是耸了耸肩说："我会问问他的。"

"不要问他。他一定会跟着你，因为他是原住民，不可能抛弃家人。"麦克里迪说着，身子微微颤抖起来。这番争论已经耗去了他大半精力。"你必须离开。趁着天黑。"

吉米微微转过身，望了望弟弟。只见莫顿偏着脑袋，仿佛在这片图腾的废墟中沉思。他的脑袋和家里人一样，是瘦长的楔形。杰克的脑袋也是这样。相比之下，吉米的脸更方正，更像白人，但鼻子却十分扁平——这是部族的特征。纽比曾十分自信地告诉他，他的孩子绝对不会有白人的特征。

"我看得出，你很在乎莫顿。"麦克里迪说道。

"你最好披上毯子，老兄，然后把嘴巴闭上。"吉米轻声说道。他心里明白，麦克里迪的话一点不假，这番话恰好给他带来了启示。

道伊和都德坐在篝火边上。之前的尴尬已经过去，两人决定去塔里镇找家旅馆住下，先洗个澡避避暑，然后讨论下一步的追捕计划。

山谷的景色让道伊精神一振。谷地平坦开阔，物产丰富且河流纵横，海面升起的朝阳在大分水岭上投下一道浓重而狭长的暗影。这里的河流如密西西比河般壮阔，鲈鱼不时从水面探出头来，水中分布着一块块狭长的小洲。

两人先是洗了澡，然后补了顿早餐，边吃边读起了悉尼和布里斯班的报纸。报纸上都是关于成立联邦的报道，还有几篇文章对宪法作出了评论，探讨如何解决州政府与联邦政府之间的争端。此外，那篇总督——女王的神圣特使——的传记让道伊觉得无聊透顶。

眼下，保罗·克鲁格已逃往葡萄牙在东非的殖民地，罗伯茨勋爵已攻陷德兰士瓦，然而报纸上的一篇文章却认为，这场战争还没有结束：

> 一名被俘的布尔游击队员表示，他的同胞还会在乡村地带奋战下去。一来，英军对乡村地形并不熟悉；二来，庞大的军队在转移的过程中水土不服，容易引发大规模疫病，而游击队员人数少，机动性强，不易受此冲击。这名被俘人员说："英国人以为占领城镇就算打赢了战争，简直是异想天开。"
>
> 熟悉乡村地形，灵活性和机动性较强，道伊突然意识到，这正是布莱克史密斯兄弟的优势。

约瑟·张伯伦对澳大利亚宪法评价颇高，认为它体现了议会和君主立宪制的先进性。报纸上还有一篇颂扬张伯伦这番评论的社论。

饱览过曼宁山区的秀丽风景，又舒舒服服地洗了个澡，任何人的心情都会像报纸上鼓吹的一般美好，道伊自然也不例外。

在接受《曼宁时报》采访时，记者问他是否认为布莱克史密斯兄弟逃到了山谷里。他的回答是："对手十分狡猾，总是出现在意想不到的地方，因此两人越不可能去的地方，越值得注意。"

随后，道伊和都德在酒吧里聊起了政治，但都德却扫了道伊的兴。原本，道伊借着酒劲觉得，一表人才的他带着备受赞誉的目的来到富饶的塔里镇，他的到来象征着新生的澳大利亚。

都德却不以为然，几杯啤酒下肚，便不停地说起丧气话来。他并不看好这个地方的未来，也没提出什么明确的见解。

"在选定首都之前，所有的议员都要去墨尔本开会。首都距离悉尼得不下一百英里，你说，这首都会定在哪儿？加尔贡？阿德朗？沃加沃加？达博？还是吉尔甘德拉？这么大的联邦，如果首都叫沃加沃加的话，岂不让人笑话！"

都德似乎从骨子里透着一股刻薄，在他看来，新生的联邦也好，新世纪也好，政客们描绘的美好前景都是遥不可及、没有半点根据的。

这天的晚些时候，道伊听到了一个令他惊讶的消息：镇民成立了专门委员会，负责在镇子及河流附近巡查。令人尴尬的是，道伊曾亲口说过，这是他的职责。

第十四章

麦克里迪先生烧得很厉害。向来善于安慰别人的他，此时已经无法令人感到安慰。莫顿和吉米轮流背着他，似乎每隔十五分钟左右，他就会清醒几秒，然后有气无力地问道："你还在这里吗，吉米·布莱克史密斯？这么久了，你还没走？"语气十分严厉，没有半点回旋的余地。

他自言自语说了很多话，时而慷慨激昂，时而哼几首小调，仿佛精神错乱一般。

我的三月啊，欢迎你。

他神情激动地唱道：

尽管在六月前，我就要离去，
我仍要唱起这希望的赞歌，

拼尽我最后一丝气息。

此时我听到，褐鸟振翅飞起……

兄弟俩整整背了他一天，行走得十分缓慢。两人一直盼着能想出个办法，尽快走出这片山地。夜晚十分凉爽，莫顿把教书先生紧紧地裹在毛毯里，然后坐在了他的身旁。每次麦克里迪开口说话时，吉米都会无比厌恶地哼一声，仿佛对方的存在或病痛正折磨着自己。莫顿对此十分不满，于是便让他去准备晚饭。

吉米没有反对，不声不响地去了。不一会儿，晚饭备好，他狼吞虎咽地吃起来，其间一句话也没说。咸肉烤得有点焦，口感有些硬。吉米坐在那里大口嚼着，似乎有些急不可耐，但又竭力隐忍着。

吃完后，他把肥肉扔到火堆里，看着它们一点点烧尽。"教书的病成这样，咱们得想点办法才行。"他低声说道。

"什么办法？"

"找个农舍，把他放到门廊里，咱们敲了门就赶快跑。"

"就把他扔在那儿？"

"他们会找人给他看病的。"

莫顿走回到裹得严严实实的教书先生跟前，检查了一番，然后将信将疑地说："真的？"

"当然。只要找个医生，马上就能治好他。"

可是在莫顿看来，要把相处了这么久的麦克里迪丢给一个素不相识的医生，似乎怎样想都不太妥当。

"今晚？"

"当然是今晚。"

"可要是被发现了……"

"你用不着担心，莫顿。你没杀过人，我来跟他们解释。"

"这是什么意思？"莫顿从吉米的话里听出了诀别的意味。

"看在老天的分上，别问了。"

兄弟俩把该带的东西都带好（有些系在皮带上，有的绑在胸前），然后背起麦克里迪动身了。每走四分之一英里的距离，他们就轮换一次。周围的树木越来越稀疏，他们甚至能看到河对岸的灯火，一道道亮光就在二十英里开外的地方。近处，离他们两三英里的地方，也能看到些光亮。夜色被灯光染成一片乌蓝，再往远处便看不到什么。

要不了多久，吉米便会趁着这宜人的夜色自行逃走。他一直在犹豫要不要坦白，要不要告诉莫顿，是他连累了弟弟，他的心里无比懊悔。他很爱自己的弟弟，正是因为他，莫顿再也无法像从前那般欢笑。尽管如此，他还是不愿相信自己是个魔鬼。当初行凶之时，他不过是被怒气冲昏了头脑而已，他的本性并不邪恶，他的心里充满了懊悔。

吉米本想告诉莫顿，麦夸里港的外国商船也有很多，或许可以从那里逃走。不过莫顿本就是赶路的好手，根本不需要他的指点。莫顿所需要的，正是新南威尔士人在过去三个月里一直期盼的——吉米·布莱克史密斯从这个世界上消失。随便哪艘船都好，不管是来自地狱、加利福尼亚还是中国。

九点过后，吉米放下了麦克里迪，自行到前方探路。

莫顿一直在原地等着哥哥，麦克里迪则躺在一旁，用毯子罩住全身。这次轮到莫顿来背他。一阵阵刺耳的蝉鸣钻入耳中——蛮荒的大地渴望用声音和虫眼充实自己，干枯的树枝掉落下来，蝉被惊醒，然后从土壤的孔隙中爬出来。在黑暗而黏湿的蛹中憋了那么久，它们终于可以在有限的时间里放声嘶鸣，在温柔夜色的边缘留下属于自己的痕迹。

莫顿第一次对蝉产生了厌恶。在过去的十九年里，他从未想过要去厌恶谁，从没对土地或是野兽产生厌弃的情绪。

吉米怎么还不回来？

此时，教书先生的喘息声变得缓慢而刺耳，听来就像一阵阵枯燥的伐木声，他每喘几口气就会莫名其妙地嘟囔一阵。

"象征主义学派的狗杂种们……写的诗太难懂了……太难了……关于马拉美的文章……我真希望从没听说过这个该死的名字……马拉美……去巴黎还有好远的路……不是不爱国……是太远了。"

吉米还是不见踪影。

莫顿身子一纵，从教书先生的身上跳了过去，随即甩开两腿，迎着紫黑的夜迅速奔跑起来。长长的野草不停地绊着他的脚，牧场的篱笆桩擦伤了他的肚皮。

"吉米！"他大声叫喊着。

吉米正迈着大步朝河边跑去。他听到了弟弟的叫喊声，但脚下没停。

"吉米，吉米！"莫顿近乎哀求般冲着黑漆漆的牧场喊着。

吉米逃走了，带着他杀人行凶的借口，那些莫顿从没有当回事，此时却后悔没有认真听的借口。家人的责任就是耐心地倾听这些借口，否则还能指望哪个混蛋去听？

"我的兄弟啊，我好悲伤……"莫顿刚刚唱了一句，喉头便哽住了。他知道，吉米之所以离去，不仅仅是害怕连累自己，更因为他爱这个弟弟。

然而他没有意识到的是，吉米此举正是为了他能安安心心做个原住民。如果莫顿事先知道的话，他定然会尽力在个人身份和部族身份之间保持平衡。他唯一能感觉到的，是吉米对自己的爱，是吉米即将面临的死亡。

作为一名部族成员，他把这份悲伤埋在心底，让这份悼念的悲情在偾张的血脉中涌动。之前，考拉镇羊毛作坊的那个厨子似乎说过这样一番话：原始的游牧民族并非生活在田园牧歌之中，而是被现实问题所包围。不论是婚姻、亲情，还是魔法仪式——用原始人的话说——不过是解决现实问题的手段而已。

这种现实的态度也早已深深刻在莫顿的心里。他知道，眼前最现实的问题便是躺在路边奄奄一息的麦克里迪。不到两分钟的时间，他再次回到教书先生的身旁。

很快，牧场的大门出现在眼前。他揽着麦克里迪，然后轻轻地把他放在地上，腾出手来打开牧场的大门，进去后又把门关上，就像那些很有教养的乡间旅行者一般。记得刚刚开始逃亡的那个夜晚，他们——杰克、吉尔达，还有吉米——也没忘记要把大门关上。

麦克里迪身上的毯子渐渐松动，其中一条还掉了下来，但莫顿没有停脚，仍然像搀扶孩子般搀扶着他。"教书先生的婆娘……住在农村……"麦克里迪再次嘟嚷起来，"农村……老天啊！……每周三个先令的补贴……要上缝纫课……三个先令！……这也太……慷慨了……"

如果莫顿知道，正是他搀扶的这位教书先生用计策赶走了吉米，或许他不会如此卖力，或者，出于对吉米的尊重，他觉得不该如此卖力。

"百分之四十的人投票，"麦克里迪继续说道，"他们问……问大家……问大家想要什么……要国家独立……还是六个……该死的殖民地……最小的大陆……最大的岛屿……最可爱的土地……他们问那些王八蛋……只有百分之四十的人愿意投票……百分之四十……还在开垦边疆……干吗要投票？……只要自己的地盘能保住……还投什么票？……百分之四十……他们不知道……他们也不想知道……"

两人越走越近，莫顿已经看到了农舍斜斜的屋顶。农户的狗叫了起来。麦克里迪的喉咙里发出阵阵嘶哑的叫声，就像他平常训斥学生一般，但听起来却像是咽气的前兆。莫顿连忙停下脚步，用力地摇了摇他的身子。

穿过篱笆门后又走了十码左右，莫顿把麦克里迪放在了地上。睡在毯子里的他是那样瘦弱，远远看着就像一具尸体。好好的一个人，如何被他们折磨成了这个样子？莫顿根本不知道，每天在雨林中长途跋涉十五英里，许多的人身体条件都无法承受。他更愿意相信，是他们——他和他的哥哥——把某种厄运转移到了麦克里迪的身上。

农舍的门开了，屋子里一片光亮，一个眨着眼睛的农夫探出头来，光秃秃的脑壳被映得一片金黄。

"谁在外面？"

"是麦克里迪先生，达姆布林学校的教书先生。"莫顿用英语喊着，一口独特的黑人口音暴露无遗。

门砰的一声关上，金色的脑壳消失了，窗口的油灯也被调得非常暗淡。接着，窗帘后伸出了一根枪管，随着一阵子弹的呼啸声，莫顿感到脚旁的泥土飞了起来。屋子里传来两个女人的哭叫声，显然是害怕遭遇不幸。

"我家里有三个儿子呢！"农夫扯着嗓子喊道，"他们手里都有枪，你最好把麦克里迪先生放下，然后滚蛋。"

又是一声枪响。子弹擦着莫顿的脚跟，嗖的一声钻进了湿润的土里。

"别开枪！"他叫道，"你会打着麦克里迪先生的！"

"那就把他放这儿，赶快滚蛋！"

"好！"

拴在院子里的几条狗已经跃跃欲试，随时准备扑过来。莫顿离开了，走前还不忘关上大门。就这样把麦克里迪留在那里，等着那些白人给他请医生，莫顿心里十分不是滋味。

淡淡的伤感很快被一阵忧虑所取代。莫顿立刻想起了先前的种种噩兆：案发当晚哥哥和舅舅的脚踝上沾满的鲜血，西里太太女伴的胸口留下的血迹，自己无意中打死了托班，麦克里迪先生染病不起……

此时他已无路可走，只能接受遭到诅咒的事实。

莫顿朝着北方逃走，最终来到一条运送木材的小路旁。这里常年车流不断，经常能看到学生的身影，拉着货车的公牛停在路边，车上装着粗大的雪松木。附近的林场主富得流油，大片的林场赶得上佛兰德的面积。他在脸上涂了层白泥，然后躺在地上睡着了。因为没有毯子，他只好蜷缩起身体，肚子朝向由枯枝和桉树叶组成的象征性的火堆。

睡到黎明，莫顿醒了过来。当时刚好有个农夫骑着匹灰色的大马经过，那匹马不停地打着鼻响。农夫向前行了一段，又突然勒住缰绳，透过树木的枝叶瞄了他几眼。随后，他开始催马全速前进，但似乎又怕弄出太多响动。那匹灰马膘肥体壮，一看便知是好马，不仅速度飞快，跑起来更是没有半点声息。

尽管当时晨光熹微，莫顿还是注意到了那人的装束。他穿着一套西装，领口系着蝴蝶领结，不过似乎没带武器。

这是十一月末的一个清晨，天色尚早，空气里透着凉意。莫顿不想被冻死，于是把一个粗麻布口袋披在了肩膀上，心里暗暗祈祷起来——祈祷自己每日有东西吃，祈祷自己不为诱惑所扰。

没过多久，系着蝴蝶领结的男人带着另外三个人回来了。他们躲在小路边缘的一片灌丛后面，四个人都拿着步枪，似乎想趁莫顿不备将他制服。

莫顿早就发觉了几个人的行踪。他笑了笑，没有采取任何行动。耳边响起了熟悉的雷声，隆隆的巨响沿着山头由远及近，声势并不凶猛。

　　接着，几个人凑在一起商量起来。四人都戴着帽子，脸上留着令人生厌的络腮胡。其中两人穿着无领衬衫，另外一个穿着深蓝色的法兰绒马甲，头上是一顶富豪和政客常戴的窄沿高帽。莫顿听到其中一个人说，他的枪栓出了些问题。

　　但很快，几个人散了开去，各自隐蔽起来。这几个人并不是傻子，他们事先摸清了地形，藏身的地点也是无可挑剔。

　　滚滚的雷声朝着右侧的山头去了。

　　接着，左侧突然传出两声巨响，吓得莫顿差点跳起来。那是两颗子弹，精确瞄准后射出来的子弹。一秒钟后，右侧又飞来两颗子弹。

　　莫顿一头栽倒在地，像西里先生或是一只兔子般卧在地上，嘴里拼命地喘着气。令他震惊的并不是疼痛，而是子弹的威力。

　　他突然感觉到，生命就像一曲跳动的旋律，主动放弃时，往往还能感受到一丝余音不断的美好。

　　穿着西装的男人走了过来。根据新南威尔士政府颁发的剥夺逃犯公民权的法案，他可以随心所欲地处置莫顿。男人用枪口抵住了莫顿的左眼。又是一阵跳动的旋律。莫顿感到左眼的眼球一阵阵酥麻，仿佛所有的灵魂都集中在那里，随后又缓缓地从眼窝里流出。

　　莫顿死了。农夫忍住了冲动，没有打爆他的脸，因为能否领取赏金取决于尸体的可辨认程度，这一点，农夫一直记得。

八个小时后，道伊和都德骑马来到了一个谷仓前。莫顿的尸体停放在谷仓里的一张长凳上，脖子以下都被一张毯子遮着，脸上的白泥已经洗净，露出了本来的黑色。在此之前，他的尸体被扔在牛棚里，任凭鲜血流了满地。农夫的几条狗在血迹上不停地嗅着，几头牛也垂下脑袋舔了起来。塔里镇的摄影师正在收拾器材，准备装到马车上去，但他突然认出了道伊和都德，于是便请求两人站在原地拍张照片。

媒体的力量就在于此——能将两人大仇得报的快意、正义得以伸张的喜悦放大，甚至将其神圣化，就连《曼宁时报》也拥有这种力量。当晚，道伊和都德留在农舍过夜，与农夫共同庆祝他铲除凶徒的义举。

一周后，所有照片都出现在《邮报》上。照片里的道伊和都德高高地昂着头，脖子伸得很长，坚实的手掌握着枪杆，仿佛拄着拐杖。

海博里先生的那位政客朋友也得到了这个消息。他已经对州总理提起过授予肉贩勋位的事情，州总理暗示他说，如果吉米·布莱克史密斯能像他弟弟一般被人击毙，那么海博里先生就没有任何理由不被纳入1902年1月的授勋名单。

在透露出这个内部消息后，政客便等着海博里先生对他表示感谢。于是海博里先生表达了自己的感激之情。但这一晚，他整整一夜都没睡着，翻来覆去地思考着这件事情背后的意思。

不论是公众还是州总理——公众的最高代表之一——他们感兴趣的是如何免受凶徒的侵害，可对于处决凶徒的刽子手却满心猜忌，特别是当他要去处决那些引发众怒、引起广泛关注的凶徒时。

这时，他突然想到了七年前的一件事：当时他正在参加一场公共晚宴，一位醉醺醺的警督急匆匆地将他拉到一辆马车上，两人一同来到了位于克拉伦斯大街的警察局。警督向他展示了一份机密文件——一沓凶案现场的照片。被杀的是个十八岁的孕妇，凶手是一个外表温和的地产经纪人。那人三十七岁，已经是三个孩子的父亲。照片的内容令人无比震惊：在摄影师的闪光灯下，姑娘身上的伤口呈现出一层可怕的铁青色。

警督这样做的用意何在？是想通过展示这些令人作呕的照片来坚定海博里先生的决心？为了激发他杀死地产经纪人的欲望？让他在执行绞刑的时候有所回味？还是想让他认识到，凶手终于为自己的血腥残忍付出了代价，从而让他产生一丝病态的快感？

在他看来，警督在1893年隐瞒的意图与州总理在1900年的"慷慨之举"之间似乎存在着某种关联。

鉴于杰克·斯摩多在受审时表现出的茫然和愚蠢，他已经不再被视作一个令人无比憎恨的杀人犯。

公众和州总理已经不记得，他残忍地砍过纽比夫人，而且直到砍得血肉模糊才肯罢手。因此，处死杰克·斯摩多仅仅是例行公事。

政客想要传达给刽子手的，正是这样一番意思：他可以在行刑时装出一副无可奈何、极不情愿的嘴脸，这样，他便可以得到奖赏；他也可以带着个人感情去行刑，但这样做无疑是不太得体的——这会显得刽子手在杀人时太过享受，不宜被奖赏。

海博里先生知道，自己的心里坦坦荡荡，就算州总理和《体育纪事》不明白，上帝总会明白的。

我可以辞了这份工作，他心想。这一晚，他给辅政司写了很多封辞职信，文风轻浮而尖刻，简洁而庄严，直白而明确。在信中，他为刽子手的行刑技艺和职业操守进行了辩解，文辞时而押韵对仗，时而像莫泊桑般温言软语，时而像狄更斯般铿锵有力。

可是这些信根本代表不了他的真实想法，没有一封可以。他必须一如既往地稳住自己的内心，坚持自己的操守。如此一来，辞职是很不值当的。

再者，如果自己辞了这份差事，新来的人一定会笨手笨脚，错误百出。从道德的角度考虑，绝不能容许在绞死吉米·布莱克史密斯时出现任何差错，尽管这会让克鲁纳这种或高尚、或卑鄙的人无比失望。

距离莫顿被杀已经整整一天，但吉米还没有听到任何消息。

这天下午六点多的时候，一支由三名镇民组成的巡逻小队在渡口上游一英里处发现了一个正要涉水渡河的黑人。黑人的腋下夹着一截绳子——一支步枪和一个麻布袋被巧妙地系在肩膀上。

由于受到河水侵蚀，河畔的土地十分松软。三人立刻下马朝那人跑去。当时河潮平稳，河面平静得像果冻，清晰地映着三个人的身影。黑人发现后迟疑了一秒，随即纵身跃入水中，瞬间不见了踪影。潮水虽然看似平缓，但流速很快。

吉米自由自在地游着，一直游出去很远。先前受到莫顿和教书先生的种种束缚，如今终于可以无拘无束地发泄出来。

三人之所以能够发现吉米，主要是因为他的肩膀上系着包裹，只有他打破了水面的平静——尽管他无比卖弄地游出了很远的距离。

此时此刻，终于可以安排后事了，吉米心想，可以想想该以什么样的方式去迎接死亡。在莫顿和麦克里迪身旁时，他从来没有机会去想这些。但现在，他坚信吉米·布莱克史密斯的救赎时刻就要到来，身后的三名追兵早已被他抛诸脑后。

突然间，他的左侧脸颊和上唇仿佛被一只火热的手硬生生撕裂，奔涌的鲜血灌入喉咙，让他连吞咽都来不及。短暂的麻木后是剧烈的痛楚。由于无法开枪还击，他只能坚持游下去。四下里一片沉寂，只有双臂划破水面的声音。

接下来什么都没有发生。极度的疼痛模糊了他的视线，视野里的河流南岸剧烈地震动着，大脑里一片空白，仿佛身后的三个人根本不存在一般。

河水将南岸切割得十分陡峭，没有浅水区。幸运的是，吉米抓住了柳树的树根，总算爬上岸去。舌头虽然没有受伤，但已经肿胀不堪，过了很久他才能用舌尖去触碰伤口。他不敢用手去碰，因为手指太过粗糙。与此同时，他必须拖着踉跄的脚步尽快离开河边，沿着渡口旁的小路，朝西南方逃去。

子弹似乎从左侧颧骨的下方穿入，打碎了一颗上牙后，又撕裂了上唇穿出。他感到了入海口的河水给伤口带来的刺激。

与追捕者面对面的遭遇让吉米鼓起了斗志，精神也随之振奋起来。此刻的他随心所欲，想去哪里便去哪里。

报纸上是这样报道的：

> 吉米·布莱克史密斯已经负伤，逃窜位置大约在曼宁河以南，斯蒂芬斯港以北，山区以东。
>
> 令人惊叹的是，悍勇的凶犯居然横渡曼宁河而逃，但必须指出的是，当时潮水尚稳，为凶犯逃走创造了条件。七月，凶犯正是凭借着同样的悍勇酿造了沃伦镇惨案。（《悉尼先驱晨报》）

> 令人惋惜的是，渡河者是名戕害妇女的凶徒，否则，横渡曼宁河确可算作勇武之举。对此，许多媒体不以为然，认为凶徒得以过河，全赖潮水平稳。然而此种观点忽略了以下三个事实：第一，在同等条件下，射伤凶徒者未能过河；第二，潮水虽然平缓，但河面至少宽达半英里；第三，凶徒渡河时肩上扛着步枪，且背负麻袋等重物。（《公报》）

在与莫顿的尸体合影后，道伊和都德似乎感到了一种解脱和快慰。对于吉米而言，此番渡河、受伤，以及摆脱追兵的绝对优势，也让他感到了一种解脱和快慰，他甚至还感到了一丝充实。

在近乎癫狂的兴奋中，他带着撕裂的伤口，整整走了一个早上。中午时分，他来到一片茂密的瓜田，两个中国男人和一个女人正忙着种西瓜、玉米和香蕉。他偷偷溜进后门，在厨房的水龙头下接了杯水喝，干活的人丝毫没有注意，只顾埋头翻地锄草。中国人真可算得上辛勤劳苦，平日里还要带着农产品进城，一边吆喝一边卖："三个便士咯，太太。"城里的顽童经常会围着这群温良的人，比比画画地吆喝："中国人，中国人！"此时此刻，看到他们在远处的空地里辛勤劳作，在即将成熟的瓜果中间笔直地穿行，吉米的心里涌起一阵感激之情，几乎就要掉下泪来。

他在厨房里找到一口锅，看到锅里剩了些米饭，便用手攒了几个饭团塞进喉咙。

最后，他在床边的一张桌子上找到了一面镜子——镜子用一块黑布盖着。他掀开黑布，对着镜子仔细查看肿胀不堪的脸颊，为了让光线照得更清楚，他稍稍向左偏了偏脑袋。

几滴血落在了镜面上。吉米遏制不住恶作剧的念头，故意把血留在上面，想借此吓一吓可怜的中国女人。

随后，他继续沿着山路向上爬去。在一道浅浅的溪水旁，他找到一块有凹处的花岗岩，于是躲在下面休息了一阵。

随着血液渐渐凝固，撕破的皮肉逐渐变硬，脸上的伤口开始结痂。他无比迟缓地摇了摇脑袋，知道自己正烧得厉害。

恍惚之间，嘴里的疼痛似乎变成了割礼时敲掉牙齿的痛苦。他不停地梦到母亲，当初那个年轻俏丽的达尔茜，梦到她正在牙床和大腿上涂着油脂，用部族的仪式帮助他在蜥蜴的肚子里重生。她不停地微笑着，在牙齿上涂着油膏。

在高烧的时候，梦里的那个他并不是残忍好杀的凶徒，他所做的一切都预示着幸福的生活。

高烧持续了两个晚上一个白天，吉米醒来时只觉得一阵麻木，所有的美好都在瞬间化作泡影。此时此刻，他特别渴望能吃到些蜂蜜。

于是，他在一棵树的树杈上找到了一团泥巴状的野蜂巢。接着，他在树下生了堆火，用树枝将蜂巢打落。

蜂巢的内部整齐地排列着一个个小孔，吉米不及多想，双手用力一挤，把流出来的东西全都吞进了喉咙，根本顾不得除了蜂蜜之外，里面还有蜂蜡、蜂蛹，以及一些连鬼都不知道是什么的残渣。

他迈起大步昏昏沉沉地走着，幻想着嘴里塞满了煤块，为别人带来温暖——或许是为了达尔茜、威尔夫、杰克、吉尔达，还有……格拉芙小姐？这份差事可着实"烫嘴"。

最终，他来到树林间的一所小学校。学校的大门紧闭，所有的学生都不见踪影。难道圣诞节就快到了？空气中弥漫着花粉，让人感到昏昏欲睡，蝉叫声一阵阵地刺激着他的疼痛。

宿舍的门已经锁紧，但窗子没有上锁。吉米从窗子爬了进去，对着墙上那面显眼的镜子查看起伤口来。此时，血肉和白骨已经凝结在一起，吉米不敢贸然去触碰，即便多看几眼也不敢。

他想找张柔软的床铺躺下来，于是便走进了教书先生的卧室，在不知不觉间坐在了梳妆台前。他打开抽屉，用手摩挲着那些柔软而带有女性气息的织物。

眼前是一幅结婚照。新郎个子不高，但相貌帅气，看起来十分精神，方正的脸形让人联想到警察。估计他的脾气不好，学校里的孩子们都很怕他。

这时，他想到有必要按着伤口，于是便拿起一条纱巾捂在脸上。纱巾里掉出了几封信，吉米弯腰捡了起来，一行细细的血液流进了嘴里。在极度混乱的状态下，大脑会不断用话语进行自我折磨，就像发烧的人会忍不住在脑海里一遍遍地诵读《圣经》。

因此，他忍不住打开了信，无比用心地读了起来。信纸外面并没有信封。

第一封信上写着：

亲爱的克拉丽丝：

在我看来，给我写信并没有什么不妥。虽然你已经嫁了人，但生活在丛林里，任何人都会觉得无聊难忍。对我而言，现在的生活太过忙碌，些许的无聊未尝不是一种慰藉呢。不过我很理解你的处境，因为写信的确可以排解农场生活的孤独。你住在海边的山区，那里的情况我很清楚，穷乡僻壤的生活十分清苦，而且经常下雨。不过不要担心，夏天很快就来了，雨林里会挺凉快，时常会有一阵阵清风刮过。

不过这风却刮不到麦夸里大街或是国会大厅。

你知道，眼下就要实行联邦制了，可至于如何实行，谁都没有头绪。是该保留各州的议会，还是要建立新的联邦议会，多数人都没个主意。眼下，我得到了参加联邦议员预选的资格，如果当选就能进入第一届内阁，不过究竟有几成把握还难以预料，毕竟没有先例……

吉米读到这里便再也读不下去，于是打开了第二封信：

我亲爱的克拉丽丝：

很高兴收到你的上一封来信，你说我一定会当选联邦议员，这让我十分感动。如果三分之一的选民都这样想的话，我就不必再犹豫，我会立刻辞去州议员的差事去参加……

你一定要告诉我，我们写给彼此的信件，会不会引起你跟克里夫之间的不快？我知道他性格有些怪癖，这也难怪，当个乡村教师确实屈才了，毕竟在放弃上大学之前，他便已经小有才名。

不过你可以放心，能够收到你的来信，我非常愉快，我平时太忙……

哎，不得不说，弗洛太可怜了，她的肾脏出了毛病，而肾脏偏偏又那样让人捉摸不透。整条麦夸里大街都找不到一位可以宽慰她的医生……

令我欣慰的是，街坊邻里开始和善地跟你来往了。要知道，这些家庭主妇往往会让人求生不得，求死不能呢……

对吉米而言，信中的内容不过是些家长里短的琐碎事，但他还是忍不住慢慢往下读。因为捂着纱巾，伤口的疼痛渐渐转变为酥麻。

我亲爱的克拉丽丝：

难道仅凭几封书信，就真的可以爱上一个人吗？

当然，真正的问题并不在此，而在于我早就爱上了你，是你让我体会到了温情。遗憾的是，当初我没有及时向你求婚，被另外一个人抢在了前头。

不过你不要担心，我不会因为忙于政务便无暇阅读你的书信，你是我深爱的女人，说实话，如果收不到你的书信，我连一周的时间都熬不下去。

我把这些书信看作无价之宝，看作接二连三的好兆头。正是因为这些书信，我才终于鼓起勇气，决定在实行联邦制这一年，为联邦议员的席位而奋斗。

令人伤心的是，可怜的弗洛眼下已经是半个废人……

接下来，信中提到了一些就医治病的细节，看得吉米头晕眼花。此外，写信人还表示，他对克拉丽丝的爱无比真诚。

接着，吉米打开了第三封信：

克拉丽丝，我的最爱：

　　我居然无法跟你见面，这实在是太荒谬了。我求求你，离开那个男人吧。他这辈子注定不会有什么成就，太过愚笨，如何能成功？我知道，他有很多恶习——你要记住，他曾经是我的同学——可以说下流无耻才是他的常态，偶尔才会有良好表现。想想他会如何虐待你，我总是不寒而栗，甚至无比恐惧。

　　我想请你来悉尼生活，这里有房子住，不需要你操半点心，只要你愿意，而且不会误解我……

　　哎，可怜的弗洛，她的病怕是没治了，这点是确定无疑的。她遭受了很多痛苦……

　　昨天在议会大厅的走廊里，两名议员领袖拦住了我，表示愿意协助我参加第一届联邦议员的竞选……

接下来便是一串名字。一些吉米很难看懂的盎格鲁-苏格兰式的名字，一些代表着议员卑鄙交易的名字。吉米逐个读完了这些名字，又打开了一封信。

克拉丽丝，我的最爱：

　　我刚刚从临终关怀所回来，可怜的弗洛已经去了。我伤心极了，可是我——请你理解和原谅——我现在无比需要你。求求你，来悉尼吧。我会尽一个丈夫的职责，诚心为弗洛伦斯哀悼，但与此同时，我心里很清楚，我愿意把自己的未来交给谁。如果你跟克里夫离婚会引起选民的不满，那就随他们好了。我的生意足够维持咱们将来的生活……

读到这里，吉米已经累得精疲力竭，只觉眼前一片昏黄。

亲爱的：

　　之所以这样叫你，是因为你是我在这世界上最亲的人了。上个星期二，可怜的弗洛伦斯去世了，昨天在韦弗利公墓举办了葬礼。弗洛伦斯终于从痛苦中解脱了，如果她在天有灵，一定会感到欣慰的。葬礼由大教堂的教士长主持，弗洛伦斯的两个弟弟，还有我手下民兵团的两名官员负责抬棺。参加葬礼的还有州总理大人、内阁的两名官员，还有反对党的一名领袖。

　　克拉丽丝，来悉尼吧，此时此刻，我太渴望见到你了……

吉米打开了最后一封信。

亲爱的克拉丽丝：

　　听说你最近查出怀孕了，没法自由行动或者到悉尼来。这些我都理解，至于你打算继续跟克里夫生活下去，我也赞成这个决定，只不过对我来说，这是一笔巨大的损失。

　　最近工作上也遇到了挫折——联邦议员的席位被州总

理的一个亲戚抢走了，但我仍然坚信，联邦政坛才是我最终的归宿，只不过要等上几年才能实现了。

或许最近一两年，咱们还是不要再通信了，虽然这样说我很难过，但还是让各自的命运朝着更可预见的方向前进吧……

我知道，写给你的这些信你一定会妥善保管，我也会保管好你的信，只是感到无比遗憾而已。

致以不朽的敬意。

你的E

结束这场疯狂的阅读之后，吉米躺在教书先生的床上睡着了。下午三四点钟的时候，他被一阵吵闹声惊醒了。透过宿舍的窗子，他看到两个骑马的人正在学校院子里四处查看。很快，一个人下了马，朝着宿舍的方向走过来。

吉米立刻冲到后门，强忍着剧痛拨开门闩，跟跟跄跄地朝着西边的森林逃去。

几分钟后，道伊走进宿舍，低头望着教书先生的那张床。枕头上兀自留着一大片血迹。

"该死的黑鬼。"他骂道，仿佛是吉米玷污了这位教书先生的婚姻一般。

第十五章

半夜时分，吉米趁着短暂的清醒穿过了一座桥，来到一个名叫卡罗瓦的小镇。镇子坐落在山脚下，此时刚刚下过一场雨，镇子里薄雾缭绕，泥滩上一片蛙鸣。刚进镇子便看到一座山丘，丘顶耸立着几个拱形窗，房中亮着灯，一阵阵修女祈祷的声音从窗口传了出来。祈祷人可以在刺耳的念诵中加入任何内容，而吉米此时恰好听到了一番不同寻常的念诵。

"愿主宽恕可怜的莫顿·布莱克史密斯。"一个年轻的声音高声诵道。

"这都怪他那个杂种哥哥吉米，居然怂恿他伤害女人。"一个苍老而沙哑的声音回应道。

吉米绕到教堂后方，发现一幢两层楼的小房子，于是便走进去，来到一间明亮的厨房里。冷藏箱里摆放着许多高高的牛奶罐，他提起一个罐子，像西班牙人喝红酒一般，将奶水直接倒进喉咙里。一个大托盘里装着牛肉，他伸手抓起几片，扔进了嘴里，没有咀嚼便硬生生咽了下去。

接着，吉米来到走廊里。光亮的暗黄色地板沿着走廊延伸出去，头顶悬着两座枝状煤油灯台，但灯芯并未点燃。这条走廊十分宽敞。虽然是在卡罗瓦镇这样的小地方，但这座教堂和欧洲的教堂规模差不多。

客厅的门半开着，透出明亮的光线，借着光可以清楚地看到墙壁上的圣徒画像，每位圣徒的脸上都洋溢着基督的喜悦和慈爱。吉米沿着走廊向前走了一段，终于看到客厅里坐着一个人，一个快要死的人——任何人只要看上一眼就明白。

那是一个身形瘦小的中年修女，坐在一张铺着垫子的高背椅上。修女的神情十分严肃，或许是生病所致。修女裹着袍服，形体显得十分瘦弱，脸庞干枯异常。她瘦得甚至能看到喉管。

她已经无法再去教堂做礼拜了。

吉米忍不住产生了一个疯狂的想法——主动向这位修女自首，用自我牺牲换取一分功德，这样一来，一切都可以恢复本来的面目：杰克·斯摩多回归部族，纽比太太归于纽比先生，纽比家的几个女儿回归美丽的乡土，格拉芙小姐回归她的未婚夫，西里太太回归西里先生，孩子回归西里太太的怀抱，托班回归家庭继承家业。

不过，他也可以忘掉这些，找个地方去睡觉。顺着走廊继续往前走，他来到一扇雪松木门前。有人多此一举地用金漆在门上写了两个字：客房。

客房里铺着地毯——十分柔软的地毯，足以躺在上面睡觉。此外还有一张中等尺寸的床，上面铺着白色床罩，由于最近很少使用，床罩已经凹陷下去。

借着大厅里的灯光还隐约能看到一个木柜、一个洗漱台、闭合的百叶窗，以及四幅画像，其中三幅都是圣人的画像，表情依旧那样慈祥。第四幅则画着一个身材肥硕的神职人员——那张像脸盆一样凹陷的床应该是为他准备的。

吉米·布莱克史密斯轻轻地关上了门，这样便再也看不到那位奄奄一息的修女，然后他用力地拍了拍被褥，上床睡觉了。

当他在柔软的床上醒来时，百叶窗外已经露出了天光。透过百叶窗的空隙，他看到达尔茜·布莱克史密斯正站在远处，嘴里说着一口爱尔兰腔调的英语："这要另外安排才行，我必须首先拿到爵爷大人秘书的书信。哎，这些个牧师！……"

"算了，达尔茜。"吉米说道，"你还是省省这些废话吧。"

三月里的河堤暖意融融。吉米正躺在岸边打着瞌睡，突然，他听到一阵女人的脚步声，于是连忙伸手去摸吼板。霎时间，一阵嗡嗡的鸣叫声响彻脑海。女人生怕遇到巨型蜥蜴，连忙转身跑掉了。

原来是场梦。吉米醒来时，周围仍然是一片黑暗，虽然头脑清醒了不少，嘴里却渴得厉害。他先是等了一阵——黑暗中除了修女的唱诵声，再无半点声息——然后才下了床。

站在漆黑的走廊尽头，吉米看到那个生病的修女正面无表情地躺在一张沙发上，还有一个背对着他的修女，正用一块湿布擦着生病修女的脸。吉米渴望着那块湿布里的水分，却不想自投罗网。他回到厨房，再次咧着嘴巴吃了些东西，喝了些牛奶。

事实上，他的嘴巴已经变得极不对称，虽然还剩下几颗牙齿，却不敢用来嚼东西，否则右边的几颗下牙一定会顶到肿胀的上颚。对于吉米来说，这简直是老天在戏弄他。在娘胎里就已定型的嘴巴，居然在这危急时刻背叛了他。

他拿了几片羊肉，准备带回床上吃。此外，他还拿了些杏子干、饼干，以及一罐水。他一边喝，一边自信满满地沿着走廊往回走。

背对他的修女正在给垂死的修女读着什么。

……当初，明谷的圣伯尔纳选择在一片沼泽上修建修道院，这给当时的修道士们提出了双重考验：在净化沼泽的同时，更要净化人类灵魂中与生俱来的污秽。这沉思的水流唱着森林精灵的小调：团结起来啊，让我们得到净化，变得如钻石般晶莹，神的光辉不可阻挡，让世人得到教化……

这还用说吗？吉米心想。伴随他成长的河流向来是清澈的，水中的鲈鱼和螯虾的确像钻石般晶莹闪亮，粼粼波光晃着他年幼时的眼。

吉米盯着光洁闪亮的地板，眼前仿佛真的出现了波光粼粼的景象，脚下一个不留神，杏子干从怀里撒了出来。

他抱紧怀里的东西，回到了那张高大而神圣的床上。

吉米又睡了，脸上的伤口依旧疼痛不止，就像会重生一样。

偶尔清醒时，他会想起自己受伤的经过，但很快又陷入谵妄。

恍惚间，他看到西里太太躺在碗橱与壁橱之间那个阴惨惨的角落里，他所深爱的人则站在尸体周围，脸上带着买主般的兴奋。

莫顿，可靠而忠诚的莫顿，是最先想到用白泥"装点"自己的人，这色彩是吉米旧日仇恨的腐朽痕迹。他用食指在脸上涂抹着，然后对着吉米视野左侧的一面闪亮镜子照了照，神情颇为满意。

接着，所有人都涂抹起来，每个人都神情肃穆，看不到半点不合时宜的笑容。他们在脸上尽情地涂抹着各种图案，仿佛在参加一场比赛。吉米想要出声劝阻，可谁都听不到，也根本停不下来，他们的手如空气一般无法抓握。

这时，耳边响起了法维尔那浑厚的嗓音，吉米转眼又到了医院。虽然从没来过这里，但肃穆的气氛让他确信无疑，这里就是医院。

旁边的病床上躺着一个长着兔唇的白人小子，他身上没穿衣服，开裂的兔唇已被针线缝好。这天本是白人小子结婚的日子，可他却难过得要死，说什么都不肯穿礼服。

吉米继续昏昏沉沉地睡着。

有一天，一道阳光像闪电般击中了他。有个不太对劲的东西飞到了黑漆漆的屋檐下。他躺在被窝里，两条腿发烫，下巴的疼痛似乎轻了些，破损的牙床渐渐开始发痒。

接着，森林里一道奇异的门突然开了，达尔茜·布莱克史密斯走进了部族的秘密之地。吉米无奈地摊开了双手。达尔茜不该闯进来的。母子这样见面，一定会遭到诅咒。

可是达尔茜根本不肯停下脚步，脸上带着他从未见过的坚毅和决绝。

"可怜的孩子，你做了那么多恶事，又遭受了那么多的痛苦。"

《公报》报道：

　　无比讽刺的是，臭名昭著的吉米·布莱克史密斯，戕害妇女、残杀幼儿的凶徒，居然躲在一所乡村修女院里，被人发现时正躺在一位大人物的床上。当时，卡罗瓦镇乌尔苏拉会修女院的修女西西莉亚走进客房，正打算为托马斯·格罗根主教的来访做准备，看到屋内的情景后无比惊恐地跑出了客房，浑然不知2500英镑的赏金正等待着她。接着，院长嬷嬷将凶徒绳之以法。

　　两周前，吉米·布莱克史密斯被几名追捕人的流弹打中，脸部受伤，目前正在卡罗瓦镇监狱养伤。与此同时，主教的床单已被彻底清洗。

　　据悉，正当追捕人众志成城对其东西合围之际，吉米却在修女院的客房中整整藏匿了四天之久，其间趁修女祈祷之际觅食。

《公报》的主办者们都是些饱食无忧的城市人，自然有胆量在报道中信口开河。

吉米被捕后第二天，道伊·斯戴德和都德·艾德蒙斯赶到了卡罗瓦镇。吉米居然闯进修女院的客房，像只兔子般自投罗网，这让二人觉得无比荒唐和可笑。

两人在卡罗瓦镇盘桓了两三日，却一直没有见到吉米——很显然，他的伤是无法在短期内恢复的。

"他现在还是逃犯身份。"都德说，"你完全可以在监狱里一枪崩了他。"

从法律的角度讲，都德没有说错，然而长途跋涉至此，道伊显然没有精力，也没有足够的恨意像地中海人一样去复仇。

为了保持一贯的姿态，道伊选择了南下从军。他的父亲在信中抱怨说，因为他去参军，家里不得不花钱雇人打理农场，因此想让他在悉尼找一位诚实能干且最好没结过婚的人。没什么男子气概也许会让这样的男人过得幸福。

然而道伊浪漫、理想化且带着些许恋尸癖好的志向并未实现：他没有死在布尔人的手里。当他赶到德兰士瓦时，那里早已见不到布尔人的行踪，这份挨枪子的殊荣自然是得不到的。

致《公报》编辑部的一封（公开）信：

亲爱的编辑先生：

贵方1月15日出版的报纸上说，监狱已经为吉米·布莱克史密斯选派了牧师。不得不说，此举更加证实了对凶犯实施绞刑是多么荒唐和可笑。凶徒已经被打入死牢，牢狱中的恶劣环境足以让他未开化的思想发生转变，让他认识到只要诚心悔过便有机会升入天堂。狱方随时可以在指定的时间里，用一种更加人道的方法让他死去。

既然如此，何必施以绞刑？绞刑根本不是惩罚。如果要惩罚一个杀人犯，如果实施绞刑是为了惩罚他，不如让公共刽子手突然闯进监牢，用斧头将吉米·布莱克史密斯大卸八块。

如若此举不妥，不如让他永世待在牢里忍受无聊透骨的生活，让他随时有可能带着疑惑死去。对于我们而言，这才是真正的惩罚，这远比被人绞死痛苦。

同时，本人认为选派牧师一事颇为不妥。此举不但无法唤起他的懊悔，只能为他带来虚幻的安慰和解脱。

你真诚的朋友

汤姆·唐瑟

码头劳工联合会秘书

致《循道公会时报》编辑部的一封（非公开）信：

亲爱的编辑先生：

混血原住民吉米·布莱克史密斯所犯罪行实属罪大恶极，然唏嘘慨叹之际，不得不作此坦言：本人对布莱克史密斯的罪行负有一定责任。本人德薄才浅，不擅长教区管理，昏聩之际竟然助长了吉米·布莱克史密斯的野心——鼓励他成家置业，与白人女子成亲。他随后所犯的诸般罪孽，特别是与白人女子成亲一事，皆为在少年时受到本人怂恿所致。因此，本人委实负有不可推卸的责任，甚至可以说与其同罪。

然而当下社会是否能够接受原住民的野心？身为教区牧师，我等该如何对原住民，对这些尚未开化的羔羊施以教化？是否该寄予希望，按照我主的指引，鼓励其刻苦劳动，成家置业？对此，本人曾深以为然，如今却心怀疑惑。

或许，我辈当尽力促成基督教教义与原住民信仰之融合，但此举是否可行？

种种疑难，本人无法作答，只能仰仗各位同道指点。如若问题无解，我等缘何来此原住民教区？所负职责如何？凡此种种，值得深思。

因此，本人恳请各位编辑、各位读者为凶犯吉米祈祷，祈祷这位曾经的信徒能够诚心悔过。还请各位敬告大众，布莱克史密斯虽罪大恶极，为基督徒所不容，但此刻身处囹圄，想必已切身体会到自身罪孽之深重。

N. J. 尼维尔

新南威尔士马瑟尔布鲁克地区牧师

尼维尔先生得到了探监许可。眼前的牧师让吉米大吃一惊——在他的印象中，尼维尔先生总是充满了牧师特有的自信。

可如今的他垂头丧气，看起来像个投降的士兵，长袍的锁骨部位已经磨破，露出一片脏兮兮的硬麻布。他带来一个记琐事的本子和一支铅笔，笔尖几乎磨平，他只好用指甲抠去些木屑，让笔尖露出来。他在本子上记下一些人的名字。受吉米所托，他会给这些人写信，代吉米向他们道别和忏悔。

吉米非常难过，他觉得自己也害了尼维尔先生；幸好尼维尔先生离这里比较远，平时事务繁忙，只来探望了他两次。让吉米在监狱中保有热情的年轻牧师是一个时髦而又虔诚的人。

"唯一的遗憾是，我没找到个好老婆，不能像你和尼维尔太太那样互敬互爱。"吉米对尼维尔先生说。大感尴尬的尼维尔先生结结巴巴地笑了两声，这笑声让吉米很难受。

码头劳工联合会的秘书是对的，吉米在狱中完成了向基要主义的转变。伤势刚刚开始好转，他便被带上了一艘前往悉尼的船，并在船上遭到了卡罗瓦镇警察的殴打。新伤旧伤再加上晕船，他的喉咙里总是不断呕出血来。

随后，他被转移到达令赫斯特，关押在临终关怀所附近一座守卫森严的监狱里。他在这里虽然受到冷遇，但至少不必挨打。一位热心的牧师帮助他向上帝敞开了心扉。

吉米怀着这份喜悦熬过了十二月那场短暂的审判。在法庭上，他为杰克、莫顿和吉尔达进行了开脱。

与此同时，澳大利亚联邦诞生了。

在联邦成立初期，绞杀两个黑人是极为不妥的，这会暴露在成立联邦的过程中镇压了一些人与事。

媒体的漫画家把初生的澳大利亚描绘成一个女人。她看起来很年轻，长着男孩子般的肩膀，轮廓分明的嘴巴看起来十分坚毅，一只手举着写有"英国文明"字样的大部头，另一只手拿着一张羊皮纸，上面写着"民主新篇章"几个字。

她的长相倒和格拉芙小姐有几分相似。

复活节来临，展览广场上挤满了活蹦乱跳的公羊、阔鼻公牛和种马。这些牲畜来自利斯莫尔、莫里、科巴、库纳巴拉布兰、奇安德拉、杰里尔德里等名字听来十分怪异的城镇。

1901 年 4 月，在温和的天气里，人们欢天喜地地笑着，街头艺人们兴奋地嘶吼着，过去的罪案已成历史，昔年的桎梏变作"阿卡狄亚"[1]式的古老寓言。

至于强奸女性原住民之类的罪行，全都已经过去，不再被人提起。

随便抓出一个工党人或其他党派的政客，你都会在他身上看到 20 世纪的冒险精神。为女性争取投票权，为老人和寡妇争取救济金，在法庭上为劳工争取利益……身在伦敦、巴黎、维也纳以及华盛顿的人，又有谁能预料到这一切？可以肯定地说，谁都没有预见到。

四月的阳光洒满大地，人们幸福地吃着棉花糖，观看来自奎林代和德尼利昆的勇士们骑着暴躁的公牛表演。来自瑙拉、肯普

1　阿卡狄亚：古希腊、古罗马田园诗及文艺复兴时期文学作品中的世外桃源。

西、默威伦巴后方林区的人则会穿上运动衣和白色的裤子，开展伐木竞赛。在基督受难日，勇武的牧牛人在阳光下展露他们黝黑而健壮的肌肉。

他们知道，这个地方是美好的、富强的、自由的、无比崇尚平等的，就连以讽刺闻名的《公报》也反复地强调着这个事实。

怀厄隆的公牛向来以暴躁凶猛闻名，望着勇士们紧紧地伏在公牛的脖子上，再来上一瓶啤酒润喉，多么美好的复活节啊！

在如此快活的时刻，绝对不能绞死两个黑人。

此时，距杰克·斯摩多制造惨案已经过去九个月，他早已和部族的传统和信念隔绝开来。达博监狱的高墙把所有互婚习俗和部族图腾隔绝在外，他的灵魂石只能慢慢碎裂。离开了那些辛苦得来的石头，再也无法在脸上抹灰浆，杰克·斯摩多开始像外甥一般，为灵魂能否永生的问题感到焦虑。

五月份，海博里先生前往达博绞死了杰克，整个过程迅速而干脆。

第二天，吉米在墙壁的监视孔后发现了一只陌生的眼睛。那只眼睛直愣愣地望着他，一眨也不眨。新来的狱警，吉米心想，还是个政客？在生命的倒数第二天里，吉米像所有犯人一样，任何新奇的事物都会引起他的好奇，任何一丝细微的变化都逃不过他的眼睛。

海博里先生这一去便是三天，至于铺子里的顾客，只好留给两个能干的儿子去应付。